響け! ユーフォニアム
北宇治高校吹奏楽部のホントの話

武田綾乃

宝島社
文庫

宝島社

目次

おもな登場人物

〈低音パート〉

黄前　久美子　二年生。ユーフォニアム。何かと苦労性。
加藤　葉月　二年生。チューバ。高校から吹奏楽部に入った。
川島　緑輝　二年生。コントラバス。強豪校出身。自分を緑と呼ばせている。
後藤　卓也　三年生。チューバ。低音のパートリーダー。
長瀬　梨子　三年生。チューバ。卓也と交際中。
中川　夏紀　三年生。ユーフォニアム。副部長を務める。
久石　奏　一年生。ユーフォニアム。久美子の直属の後輩。
鈴木　さつき　一年生。チューバ。あだ名はさっちゃん。
鈴木　美玲　一年生。チューバ。あだ名はみっちゃん。
月永　求　一年生。コントラバス。龍聖学園出身。

〈トランペットパート〉

高坂　麗奈　二年生。トランペット。久美子の親友。
吉川　優子　三年生。トランペット。部長を務める。夏紀とは犬猿の仲。
小日向　夢　一年生。トランペット。新入生のなかではいちばん上手い。

〔その他〕

塚本　秀一　二年生。トロンボーン。久美子の幼馴染み。
鎧塚　みぞれ　三年生。オーボエ。ダブルリードのパートリーダー。
傘木　希美　三年生。フルート。一年生時に先輩と揉めて一度部活を辞めた。
剣崎　梨々花　一年生。オーボエ。みぞれの直属の後輩。奏と仲良し。
釜屋　つばめ　二年生。パーカッション。久美子のクラスメイト。

滝　昇　北宇治高校吹奏楽部のイケメン顧問。厳しくも愛がある。
新山　聡美　外部の指導者。専門はフルート。木管を指導する。

佐々木　梓　立華高校の二年生。久美子の中学時代の友人。
柊木　芹菜　梓の中学時代の友人で、現在は北宇治高校の二年生。帰宅部。

田中　あすか　卒業生。ユーフォニアム。元副部長。
中世古　香織　卒業生。トランペット。みんなのマドンナ。
小笠原　晴香　卒業生。バリトンサックス。元部長。
斎藤　葵　卒業生。テナーサックス。受験を理由に途中で部活を辞めた。

響け！　ユーフォニアム

北宇治高校吹奏楽部のホントの話

一　飛び立つ君の背を見上げる(Fine)

卒業式の朝は、いつもとは少し違う感じがする。

日常の端々ににじむ、終わりの予感。ハンガーで吊《つ》るされたセーラー服を、今日は普段より丁寧に着る。スカートのプリーツも、心なしか綺麗《きれい》な気がする。白いリボンスカーフを襟に通し、希美《のぞみ》は鏡に映った自分の姿を見つめる。そこにいたのは、北宇《きたう》治《じ》高校に通う女子学生だ。ニッと歯を見せて笑えば、鏡のなかの少女も笑う。幸せそうで何よりだ。ヘアゴムをくわえ、広がる黒髪を無理やりに手で束ねる。口からゴムを抜き取り、高い位置できつく縛る。毎日の習慣が急に変わることはなく、希美は今日も希美のままだ。大学生になったらパーマでも当てようかしらん、と鏡のなかの誰かが言った。新山《にいやま》先生みたいに、と。それもいいかも、と希美は思った。手っ取り早く変われるなら、それで。

「希美ー、おはよー」

曲がり角の反対側から、夏紀《なつき》が手を振っている。寝不足なのか、彼女はひっきりなしに欠伸《あくび》を繰り返していた。

「眠い？」

「めっちゃ眠い。走るベッドがあったら、そのまま学校に送ってもらいたいレベル」

「昨日の夜、何してたん？」

「なんもしてへん。ぼけーっとしてたら真夜中やった」

「怪奇現象やん」

「ほんまな。自分でも恐ろしいわ。もう少し有意義に時間使えばよかった」

「まあまあ、ぼーっとするのも有意義やって」

「希美が言うならそうなんかも」

カラカラと軽快な笑い声を発する夏紀に、希美も釣られるようにして笑う。見慣れた彼女の笑顔を見ていると、今日という日が日常の延長でしかないかのように錯覚しそうになる。

「なんか、引退してから卒業式までの時間の感覚がおかしい。長いようで短いような」

「夏紀、ずっと暇って言ってたもんな。部活引退して燃え尽きたーって」

「最近はようやく人間らしくなってきたとこ。ま、新生活ももうすぐやし？　暇や暇やって言ってる場合ちゃうしな」

「春から家はどうすんの？　実家？　それとも一人暮らし？」

「うちは実家やけど、優子《ゆうこ》は一人暮らし始めるって言うてたな。希美は？」

「うちも実家。下宿させられるような金はありませーんって親に言われた」

「ド正論やな」

「まあ、どうしても一人暮らししたくなったらバイト頑張りますよ」

「そんときは遊びに行くわ。人生ゲームとか持って」

「またそんなかさばるもんを……」

「でも盛り上がるで。我が家の正月は親戚一同で人生ゲーム大会よ」

「それは楽しそう」

「やろ？」

腰に手を当て、夏紀はしたり顔でこちらを見た。太陽の光を浴びて、彼女の髪が薄く茶色に透けている。ツンと上向きに吊り上がった両目が、希美の顔を真正面から映している。

「うちらの代の子らはさあ、卒業したらどんな大人になるんやろね」

「いきなりどうしたん」

「いや、人生ゲームの話してたらふと思っただけ」

「夏紀はどう思うの？」

「うち？　うちはさっぱり。こういう予想は苦手やから。でもさ、想像できそうなやつもおらん？」

「たとえば？」

「みぞれとか」

　共通の友人の名を出され、希美は一瞬息を呑《の》んだ。何か思惑があるのだろうかと横目で夏紀を観察するが、その表情からはどんな感情も読み取ることができない。

　まるで明日の天気の話をするかのように、夏紀の口調は軽かった。

「あの子はプロになれそうな気がする」

「そうかな。やっぱ、音楽で食べていくって難しいと思うし」

　否定の言葉が、無意識に口から飛び出した。こんなことを言うつもりじゃなかったのに、と希美は顔をしかめる。

「希美はそう思うんや？」

「そう思うっていうか、単なる一般論やけど。……夏紀は違うん？」

「だって、みぞれって才能あるやん」

「それは認めるけど」

「じゃあなんとかなるでしょ。現に音大も受かったわけやしさ」

　そう無邪気に言える夏紀が、心の底からうらやましい。肯定も否定もしたくなくて、希美はただ曖昧に言葉を濁した。

「あ、」

　不意に、夏紀が前方を指差す。少し離れたところに、北宇治のセーラー服を着た二人組の姿があった。優子とみぞれだ、とすぐにわかった。いったい何をしているのか。

彼女たちはまばらな人波に逆らうように、その場に立ち尽くしていた。

「アイツ、もう泣いとるわ」

夏紀が呆《あき》れたように言った。アイツというのは優子のことだろう。夏紀はみぞれに対して、こんなふうに砕けた言い方をしない。

希美も目を凝らしてみたが、二人の様子まではわからなかった。

「よく見えるね」

「うち、視力ええから」

「なんで泣いてるの？　優子は」

「やっぱアレちゃう？　親離れする子供を見守る親の心情的な」

「誰が子供なん？」

「そりゃみぞれでしょ」

「ええ？」

いつから優子がみぞれの親ポジションについたのだ。なんとなくおもしろくない気持ちになって、希美は唇をへの字に曲げた。ヒヒッと夏紀が奇妙な笑い声を上げる。

「突撃しちゃう？」

「いいけど」

「じゃ、ダッシュな」

そう言うやいなや、夏紀は全速力で駆け出した。その勢いに面食らいつつも、希美はすぐにあとを追いかける。止まっている二人に追いつくのは簡単で、四人はあっという間に合流した。

先ほどの夏紀の証言は正しかったらしく、優子は目を真っ赤に腫らしていた。夏紀がちょっかいをかけるようなことを言い、優子が負けじと言い返す。会話はいつものごとく口論へと発展し、他者の介入を許さなくなる。すっかり二人の世界に入り込んでしまった夏紀と優子に、希美は呆れを隠そうともせずため息をついた。この二人は、喧嘩《けんか》するのが楽しいのだ。

「みぞれ、うちらは先に行こ」

「うん」

希美が歩き出すと、みぞれは自然と隣に並んだ。輪郭に沿うようにして伸びる彼女の黒髪が、春風に乗ってそよいでいた。

「みぞれ、さっき優子となんの話してたの？」

「大事な話」

「ふうん？」

はぐらかされるとは思っていなかったので、自然と眉根が寄っていた。こちらの異変など気にも留めていないのか、みぞれはマイペースに言葉を続ける。

「でも、優子に負けた」

「負けたの？」

「うん。でも優子が、負けたほうが勝ちって」

「なんじゃそりゃ」

さっぱり意味がわからない。だが、説明を終えたみぞれはどことなく得意げだった。これ以上深く掘り下げる気にもならず、希美はスクールバッグを肩にかけ直した。後後ろではいまだに優子と夏紀がじゃれ合っている。

「みぞれはさ――」

希美が口を開いた刹那、不意にみぞれが後ろを向いた。無視されたみたいで、心臓がヒヤッとする。「何？」と首を傾《かし》げるみぞれに、優子は「なんでもない」と口早に答えた。まるでいたずらをとがめられた子供みたいだ。

横から突き出された夏紀の手が、優子の頭をなで回す。「がさつ！」と文句を言っている割に、優子は満更でもなさそうだった。最初から素直になればいいのに。

優子の視線が自分から外れたのを確認し、みぞれは再び希美へと向き直った。おずおずと伸ばされた指先が、希美のセーラー服の裾を引っ張る。

「希美、どうしたの？」

「ん？　何が？」

「さっき、言いかけてた」

「あー……」

正直に言うと、自分が何を言おうとしていたか覚えていなかった。ただ、忠犬よろしくこちらの言葉を待っているみぞれに、何も言わないのは憚《はばか》られた。動揺をごまかすように、希美は自身の後頭部を引っかく。みぞれの期待を裏切りたくない。そう希美に思わせたのは、過去の行いに対する後ろめたさだ。

「卒業式終わったあとさ、一緒に写真撮らへん？　記念にさ」

「いいの？」

「いいも悪いもないやん。せっかくの卒業式やねんから」

「……うれしい」

花が綻ぶように、みぞれは笑った。自身の幸福を噛み締めるように、ゆっくりと。

「ありがとう、希美」

「お礼言うようなことちゃうやん」

「それでも、言いたかったから」

「そっか」

「うん」

みぞれは口をつぐんだ。それ以上何かを言う必要性が感じられなくて、希美もまた押し黙る。流れた沈黙は、意外なことに不快ではなかった。

背後ではいまだに優子と夏紀が言い争っている。

「あー！　なんでいま読もうとすんのさ」

「あかんの？」

「うちがおらんときに読めって、さっき言うたやん」

「えー？　言うた？」

「絶対わざとやん！　ほんま怒るで」

「ごめんごめん。あとで読むから」

「わかればよろしい」

優子がフンと鼻を鳴らす。夏紀の手には、可愛《かわい》らしいラッパのシールで閉じられた封筒が握られていた。先ほどの会話から推測するに、優子から夏紀に宛てた手紙なのだろう。

「ほんまアンタら仲ええなあ」

呆れ交じりに本音を漏らすと、二人そろって「仲良くないわ！」と叫ばれた。一連の流れを見守っていたみぞれが、「二人は引き分け」と訳知り顔でつぶやいていた。

二　勉学は学生の義務ですから

「ありおりはべりいまそかり！」

シャープペンシルを握り締めた緑輝《さふぁいあ》が、何やら珍妙な呪文を発している。その声に反応したように、止まり木に抱きついたマカロンがペロリと舌を出した。緑輝の部屋にお邪魔するたびに顔を合わせているこの子は、体長一メートルほどのイグアナだ。

「し、視線を感じる……」

落ち着かないのか、久美子《くみこ》は先ほどから座椅子の上で座り直してばかりいる。多分、マカロンが気になって仕方ないのだろう。それを笑い飛ばしながら、葉月《はづき》は皿に並んだスイートポテトを口いっぱいに頬張った。緑輝の家で出るお菓子は、いつだって彼女の母親の手作りだった。南欧ふうの家の外観にふさわしく、白を基調とした内装はドールハウスを拡大したみたいな可愛らしさであふれている。ゴテゴテとした派手さはないが、空間を構成する何もかもが上質な感じがした。すべてが大ざっぱな葉月の家とは大違いだ。

「ラ行変格活用」

無言でプリントの空欄を埋めていた麗奈《れいな》が、ちらりと緑輝の顔を見た。そう！　と緑輝がうれしそうに手を叩《たた》いているが、二人がなんの会話をしているのか、葉月にはさっぱりわからない。

「ちょっと二人とも、何語で話してるん？」

葉月の問いに、緑輝はキョトンとした様子で答えた。

「何言ってるん。日本語やん」

「嘘《うそ》やろ」

「ほんまほんま。夏休み明けテストの範囲やで」

じゃーん、と自分で効果音をつけながら、緑輝は古典プリントの束を見せびらかした。その表紙にでかでかと書かれた『夏休み課題』の文字がまぶしい。思わず、葉月は机の上に突っ伏した。

「なんで昔の言葉なんてわからんとあかんのやぁ。いまに生きようや、いまに」

「葉月ちゃん、そんなこと言うて古典以外も全然終わってへんやん」

「ぐはーっ」

「宿題終わってへんと部活にも影響出るねんから、頑張って今日のうちに終わらそ」

「今日中とか絶対無理なんですけど」

京都大会も終わり、北宇治《きたうじ》高校吹奏楽部は関西大会に向けて日々練習に励んでいる。Bメンバーである葉月は緑輝たちに比べると自由時間が多いはずなのだが、四人のなかで宿題の進みがいちばん遅い。今日だって、葉月の発案で緑輝の家に集まり、みんなで宿題をすることになったのだ。

「まぁまぁ、自分のペースで進めようよ。私も全然宿題終わってないよ」

眉尻を垂らしながら、久美子が曖昧に笑っている。マラソンで「一緒に走ろう」と言う友人しかり、こういう発言は疑ってかかるのが学生生活の鉄則だ。

「そんなこと言うて、久美子もほんまは課題終わらせとるんやろ？」

「まだまだだって。ね、麗奈」

「アタシはもうほとんど終わってるけど」

澄ました顔で答える麗奈に、久美子は目に見えてうろたえている。こうやって気を遣いすぎるところは、久美子の長所であり短所でもある。もっと麗奈みたいに堂々としておけばいいのにと思わないでもないが、そうできないところが久美子の久美子たるゆえんなのだろう。

「勉強ってほんまにいる？　点Pが動くことによってこの世界に何が生じるんって感じやねんけど」

机に頬を押しつけたまま、葉月はばたばたと手を振った。共感してくれたのか、久美子が傍らで「うんうん」と深くうなずいている。緑輝が勢いよく手を上げた。

「ハイハイ！」

「どうぞ、緑《みどり》サン」

「点Pはやめて点Xにするんはどう？」

「と、いうと？」

「謎の点Xは三角形UFOをバラバラの速さで進むのだ！　君はこの謎が解けるか！……ってしたら、カッコいーってなって勉強進むんとちゃうかなって」

ビシッと虚空に人差し指を突きつける緑輝に、「確かに」と麗奈が真顔でうなずいた。どこらへんが確かになのか、葉月には全然理解できない。

「そういう問題じゃないでしょ」

久美子が苦笑した。緑輝が首を傾《かし》げる。

「そう？　緑、証明の問題のときは点の名前つけるのこだわっちゃうけどなぁ。毎回三角形ABCばっかりやと飽きちゃうし」

葉月は思わず口を挟んだ。

「緑がいつの間にか賢いキャラになっとる！　なんでや。一年のときはそこまで勉強しとらんかったのに」

「ふっふっふー。緑も先輩やからね、あすか先輩みたいな頼れる先輩になりたいなぁって思って。一年の子らがわからん問題があったら教えてあげるの！」

「はー、志が高い」

「もっと褒めてくれてもええよ。緑、いっぱい頑張ってるから！」

緑輝は得意げに胸を張った。その言葉どおり、二年生になってから緑輝は一生懸命勉強に取り組むようになった。受験を見据えてそろそろ自分も頑張らないと、という気持ちだけは葉月にもあるのだが、いかんせん進路が決まっていないせいでモチベーションが上がらない。緑輝はデザインの学校に行くと言っていたし、麗奈は音大に行くと一年生のころから堂々と宣言している。自分のやりたいことがわかっている人間は強い。二人を見ていると、とくにそう思う。

「あー……もうやめやめ！　頭疲れたから休憩しよ！」

心配ごとで悩むのは自分の性《しょう》に合わない。勢いよく後ろに倒れ込み、葉月はそのまま大の字になった。壁に吊《つ》るされたコルクボードには、自分たちの写真がたくさん貼りつけられている。

「あ、最新バージョンもあるやん」

葉月が指差したのは、いちばん左端に貼られた写真だった。京都大会のときに、今年の低音メンバーで撮ったものだ。興味を持ったのか、立ち上がった麗奈がコルクボードをのぞき込んだ。

「こうやって見ると、低音って人数多いな。何人やっけ？」

「えーっと、ユーフォが三人でチューバが五人、コンバスが二人だからトータル十人かな」

説明しながら、久美子はそろりと足を崩した。緑輝はというと、ベッドサイドに置かれていた巨大なぬいぐるみをぎゅーっと抱き締めている。茶色と黒色のまだら模様の体にのっぺりとした顔立ちが特徴のオオサンショウウオは、特別天然記念物に指定されていた。京都水族館に行くと、水槽の隅にみっちりと詰まった実物のオオサンショウウオを見ることができる。

「ってか、そのぬいぐるみデカない？　緑よりデカいやん」

「水族館でいちばんおっきいの買ってん！　可愛《かわい》いやろ？」

「まあ、じっと見てたら可愛いような気がせんでもないわ」

「じっと見んでも可愛いって。カイザー君って名前にしてん」

「ゴツい名前やなぁ」

「おっきいからぴったりやんか」

葉月と緑輝が会話を交わしているのをよそに、久美子は麗奈の傍らに移動した。こうして二人が並ぶと、久美子の背のほうがちょっぴり高い。

「こっちに写ってるのがみっちゃんで、こっちがさっちゃん」

「ふうん。鈴木《すずき》さんのほうはAメンバーやしわかるけど」

「どっちも鈴木だけどね」

「あぁ、そうか。ややこしい」

「みっちゃん、麗奈に憧れてるみたいよ？」

「憧れるほどアタシのこと知らないでしょ」

麗奈の唇が、わずかにゆがんだ。その横顔に喜びや照れが欠片《かけら》も混じっていないことに、葉月は内心で衝撃を受けた。楽器が上手《うま》く、頭もいい。そのうえ美人ときたら、賞賛の言葉なんぞ耳にタコができるくらいに聞き慣れたものなのだろう。

「そうは言っても、麗奈に憧れてる子、多いんだよ？」

久美子は目を伏せる。靴下に覆われた彼女の爪先がもぞりと動いた。

「久美子だって尊敬されてるでしょ。いろんな子に慕われてるし。久石《ひさいし》さんとか剣崎《けんざき》さんとか」

「あれは……んー、慕われてるって言っていいのかなぁ？」

「嫌いだったらあんなふうに構ってこないって。とくに久石さんみたいなタイプは」

「緑もそう思う！　奏《かなで》ちゃん、警戒心めっちゃ強いもん」

緑輝が元気よく同意を示す。葉月は自身の顎をさすった。

「そういや、みっちゃんも最初はツンツンしてたなぁ」

「っていうか、警戒心って言い出したら求君《もとむ》がダントツでナンバーワンじゃない？　緑がいるから上手くやれてる感じあるけど」

「そう？　多分、求くんは一人でも上手くやれてたと思うなぁ。努力家やし」

「それは緑やから言えるんやろ。もしうちがコントラバスやったら絶対喧嘩《けんか》しとったわ」

「葉月と求君の組み合わせは想像できないね」

久美子がしみじみと言う。確かにコントラバスを弾いている自分の姿は想像できない。というか、チューバ以外の楽器を演奏する気がそもそもない。

「あの子ら、宿題もう終わっとるんかなぁ？　うち、地味に鈴木組がやばそうで心配やねんけど。さっちゃん、絶対終わっとらんと思うわ。で、みっちゃんが手伝わされてそう」

「鈴木さん、宿題とかため込むタイプなんや。意外」

「だから麗奈、どっちも鈴木だってば。宿題ため込んでそうなのは意外じゃないほう」

「久美子、それさっちゃんに失礼ちゃう？」

葉月の指摘に、久美子は「え」と慌てて手で口元を押さえた。そのあいだ、緑輝はぬいぐるみの頭を葉月の腹部にぐりぐりと押しつけていた。それを手でなでながら、葉月は立っている二人を見上げる。

「今年の一年の子らって、どのくらい頭いいんかね」

「奏ちゃんは頭いいって聞いたなぁ。あと、オーボエの梨々花《りりか》ちゃんは、この前の試験で数学が学年で一位だったらしいね」

「そんなこと言ったら、小日向《こひなた》さんだって日本史はすごいらしいし」

張り合うように告げられた麗奈の台詞《せりふ》に、緑輝が嬉々《きき》として食いついた。

「それってトランペットの夢《ゆめ》ちゃんだよね？　久美子ちゃんと麗奈ちゃんと同じ中学出身の」

「あー、久美子が顔忘れてたって子な」

以前の会話を遡っただけなのに、久美子は「ぎゃー」と悲鳴じみた声を上げた。数カ月前のことなのに、まだ気にしているらしい。

「チューバはどうなん？」

うめく久美子をスルーし、麗奈がこちらに顔を向ける。葉月は腕を組んだ。

「W鈴木なー。みっちゃんは間違いなく頭いいな。ようわからんけど、頭よさそうなことばっか言っとるし。さっちゃんは多分うちと同じくらいあほやわ。そういや、求はどうなわけ？　龍聖《りゅうせい》って私立やろ？　頭いいん？」

「んー、龍聖も聖女《せいじょ》も学力的には普通の学校やし、求くんが賢いってイメージはないかなぁ。そういう進路の話とか、あんまりほかの学年の子とせぇへんから、緑もよくわからんけどね」

確かに、一年の面々と勉強に関する話をしたことはほとんどない。さつきとはいつもくだらない雑談ばかりだし、美玲《みれい》はそれに対して静かに相槌《あいづち》を打ってばかりだ。奏と美玲の二人が何やら小難しい話で盛り上がっている場面はたまに見かけるが、その内容を深く掘り下げたことはなかった。

「ま、葉月ちゃんはまずは自分の宿題を片づけることから考えんとね」

「げっ」

ニコニコと笑う緑輝に、葉月は思わず頬を引きつらせた。立っていた麗奈と久美子も席に戻って問題集を開き始める。

「休憩時間はもう終わりぃ？　短ない？」

ぶー、と唇をとがらせると、久美子が気弱そうに眉を垂らした。

「まあまあ、早めに終わらせないとあとでつらくなっちゃうよ？」

「正論がつらい」

「葉月ちゃん、ふぁいとー！」

「ファ、ファイトー」

拳を突き上げる緑輝を真似《まね》して、麗奈が照れたように手を上げている。麗奈がこうして砕けた態度を取ってくれるようになったのは、去年からの大いなる進歩だ。「しゃあないなぁ」と肩をすくめ、葉月は古典のプリントを目の前に広げた。

「はー、めっちゃ白紙。いみじきかなー、まじいみじーわあ」

つぶやくと、横にいた麗奈が下を向いて肩を震わせていた。久美子が言う。

「もう、変な用法増やさないでよー。テストで間違えそう」

「ふふーん、日常会話で使っていいで。めっちゃいみじー」

「いみじ……いみじ……あ、緑わかった。並々ではないって意味のシク活用の形容詞！」

「さすが緑、マイペースだなぁ」

遠い目をする久美子の膝の上に、緑輝がいそいそとオオサンショウウオをのせている。「寂しくないようにね！」とのことらしいが、体長が長すぎて麗奈の膝にまで尻《しっ》尾《ぽ》が到達していた。

電子辞書を駆使しつつ、葉月は助動詞の空欄に文字を書き込んでいく。これは五段活用で、これはサ行変格活用。与えられた問題に、用意された答え。シャープペンシルの後ろをコツコツと指の腹でノックしながら、葉月は深くため息をついた。

「勉強が将来なんの役に立つんやろって思わん？　サインコサインとか、おくるおこたるとか。これ、高校卒業してからほんまに必要になるんやろうか」

「まあ、お姉ちゃんとか見てると、サインコサインを日常生活で使ってるようには見えないね」

数学嫌いの久美子が葉月の愚痴に賛同する。麗奈が目を細めた。

「必要かどうかはその人次第でしょ。勉強が役に立たないって言ってる人は、役に立たないような道を選んだってだけやと思うけど」

「ほーん。わかるようなわからんような」

「勉強してないと、自分の選択肢が狭まってることにすら気づけないってこと。だから、もし将来なりたいものが決まってないなら、アタシはちゃんと勉強しといたほうがいいと思う。いまの自分が楽したせいで、未来の自分が苦しむのはかわいそうでしょ」

「ふむふむ、麗奈ちゃんのアリとキリギリス理論だね！」

麗奈の語る持論を、緑輝がよくわからない言葉でまとめた。麗奈も緑輝も、自身の人生における明確な目標を持っている。じゃあ、自分はどうなんだろうか。宙ぶらりんになった視線が、不意に久美子のそれとぶつかる。目と目が合い、久美子はそっと首をすくめた。

葉月は手を伸ばし、スイートポテトをもうひとつつかみ取る。艶やかに光る表面に歯を突き立てると、舌の上でほろほろと溶ける感覚がした。美味《おい》しいものを食べて、好きな友達と楽しく過ごす。たとえ未来の自分が苦労しようとも、いまが幸せならそれでいいじゃないか。

「ま、とりあえず勉強はめっちゃいみじいみじってことやな」

「そうそう、いみじいみじー！」

緑輝が無邪気にはやし立てる。ちゃっかりと紅茶を飲み干している久美子の顔も、

「またわけのわかんないこと言って」と呆《あき》れたように告げる麗奈の顔だって、いまの葉月の目にはひどく楽しげなものに映っていた。

三　だけど、あのとき

あすかへ

明日はついに卒業式だね、なんて書こうと思いましたが、この手紙をあすかが読んでいるころにはもう卒業式は終わってるのかな。晴香《はるか》が大泣きしそうで、いまからちょっと心配です。

私も、あすかも、晴香も、春からはみんなバラバラになっちゃうんだね。卒業旅行でまた会えるとはいえ、それでもやっぱり寂しいです。今年一年は部活ばかりの生活だったから、練習がなくなってなんだか退屈な感じがします。あすかは勉強で忙しかったからそうでもなかったかな。こうして私が手紙を書こうと思ったのは、卒業式が終わったらあすかはさっさと逃げちゃうような気がしたから。ああいう空気、あんまり好きじゃないもんね。本当は直接いろんなことを話したいなって思ったけど、あすかってこっちが真面目に話そうとするとはぐらかしてばっかりでしょ？　だから、手紙ならちゃんと読んでくれるかなって思って。

三年間いろんなことがあったけど、やっぱり最後の一年間は本当に時間の密度が濃かったような気がする。滝《たき》先生が来て、北宇治《きたうじ》はどんどんと変わって……晴香もずいぶんと変わったよね。自分に自信がないのは相変わらずだけど、でも、強くなったなって感じがする。本人に言っても認めないだろうけど。

私はどうだったのかな。一生懸命頑張ったつもりだけど、自分のことはよくわかりません。ただ、楽しい学校生活だったことは間違いないかな。後悔もほとんどない、そういう選択をしてきたから。だけどあのとき、あすかの質問を否定してあげられなかったこと。それだけは、いまでもずっと後悔しています。

*

「中世古《なかせこ》さん、好きです。付き合ってください」

普段よりも一段低く発せられた声は、目の前に座るあすかの唇によって紡がれたものだった。彼女はふざけた態度でポテトチップス二枚を指に挟むと、パクパクと上下させている。もう、と香織《かおり》は頬を膨らませた。

「茶化さないでよ」

「茶化してへんって。たまたま目撃した告白の現場を再現してるだけ」

「それを茶化してるって言うの」

香織の指摘に、あすかは肩をすくめただけだった。紺色のセーラー服の肩口に、赤い紅葉《もみじ》がのっている。香織が手を伸ばしてつまみ上げると、あすかはその口端《くちはし》を吊り上げた。

「小さい秋見ーつけた」

「見つけたのは私やけどね」

「でも、うちの肩にのってたわけやん？　つまり、うちが香織に秋を運んできてあげたの」

「運ばんくても頭の上にいっぱいあるよ」

頭上を指差すと、あすかはわざとらしく唇をとがらせた。ベンチの上に足を広げ、顔だけを空へと向ける。香織の家の近くにある公園はそこそこの広さがあった。長い滑り台が売りで、広いグラウンドを囲むように遊歩道が作られている。ずらりと並んだ木々は赤い葉を少しずつ散らし、コンクリートでできた灰色の道もこのときばかりは赤や黄に染まっていた。香織とあすかが北宇治高校に来てから一年目の秋だった。

「やっぱポテチは塩一択ですなー」

袋に手を突っ込み、あすかは先ほどからポテトチップスを口に放り込んでいる。コンビニで二人が買ったお菓子はこれだけだった。部活が終わったあと、二人だけで行う寄り道が香織の日々の楽しみだった。田中《たなか》あすかを独占している、その事実が香織にささやかな優越感を与えてくれた。

「……低音の一年生、ついにあすかだけになったね」

付着しすぎた塩を手で払い、香織はそっと舌の上にポテトチップスをのせた。あすかが好きだというメーカーの商品は、香織にはいささかしょっぱすぎる。

「もう聞いたの？　さっすが」

ざく、とあすかの歯がチップスを噛み砕く。スカートのプリーツを手で整え、香織は静かに顔を上げた。あすかの赤い眼鏡《めがね》フレームが、外灯の光を浴びて光っていた。

「なんであのユーフォの子、辞めちゃったの？」

香織の問いに、あすかはクツリと喉を鳴らす。

「なんでやと思う？」

「んー、誰かと喧嘩《けんか》したとか？」

ノンノン、とあすかは芝居じみた仕草で人差し指を左右に振った。

「チューバの子は『思ってたのと違った』って言って一週間で辞めたし、コントラバスの子は『空気に耐えられへん』ってコンクール前に辞めた。で、さすがにこれ以上辞めないでしょって思ってたのに、ついこのあいだユーフォの子が辞めた。『ここにいる価値がない』やってさ」

「引き止めなかったの？」

「なんでうちが引き止めなあかんの」

首を傾《かし》げるあすかに、香織は言葉を続けることをためらった。

「……だって、パートに一年生一人だといろいろつらいでしょ」

「べつに？　うちはただ、ユーフォが吹ければそれでいいから」

そう言って、あすかはケラケラと作り物めいた笑い声を上げた。

「だいたいさ、辞めてく子を無理に引き止めたってしゃあないでしょ。何か目標がある部活ってわけでもないんやし。意味なくダラダラ時間を浪費するくらいなら、さっさと辞めたほうが賢いってもんよ」

「そうは言うけど、低音は辞める子多すぎって言われてるよ」

「そう？　たまたまじゃない？」

「トランペットの先輩たち、あすかのせいだとか、変な噂《うわさ》立ててる。そんなわけないのに」

入学時から、あすかは異質な存在として周囲の人間に認識されていた。進学クラスのトップで、類いまれな容姿を持つ。彼女に対する部員たちの評判はさまざまだ。明るく陽気。寡黙で陰気。つねに相手を見下している。相手に対していつも誠実。優しい優等生。冷酷で自己中心的。噂から構成される田中あすか像は、出来の悪いモンタージュ写真みたいに滅茶苦茶だった。

「あながち噂じゃないかもよ？」

ベンチの上であぐらをかき、あすかはなんでもないことのように言う。責めるように、香織は大きくため息をついた。

「そうやってすぐ悪役ぶるの、よくないと思う」

「悪役ぶってると思うのは、香織が優しいからとちゃう？　うちはほんまもんの悪人なのさぁ」

「また嘘《うそ》ついて」

「お、名探偵香織には真相がわかっちゃってる？」

「真相かは知らないけど、低音で辞める子が多いのは辞めても許される空気やからかなって思ってる。そのほかのパートの子は、言い方は悪いかもしれないけど――」

「飼い殺し？」

香織の台詞《せりふ》を、あすかが笑いながら引き取った。香織は眉間に皺《しわ》を寄せる。

「北宇治の部活のあり方が間違ってるとは言わないよ？　学校生活は部活だけじゃないし、上を目指さず緩く楽しくやろうっていうのもわかる。でも、いまの活動って本当に楽しいのかな？　縦の関係にやたらと厳しくて、先輩はいいけど後輩はダメってことが多すぎる気がする。もしトランペットパートだったら、きっと部活を辞めたいって言っても先輩が許してくれないよ」

「吹部《すいぶ》そのものの人気のおかげで人数は多いけど、北宇治はいろいろ崩壊してっからねぇ」

「いまはいいけど来年……もし、すごくやる気のある子が入ってきたら、私はその子たちに向かって胸を張れるのかなって不安になる。今年のコンクールだって散々だったし」

「いまから後輩の心配？　真面目やねぇ、香織は」

あすかはポテトチップスの袋を手に取ると、その中身を口へと流し込んだ。塩辛くなった唇を舌で舐《な》め、彼女はからになった包装をくしゃくしゃに丸める。銀色のアルミフィルムが派手なパッケージの奥に圧《お》し潰《つぶ》された。

「グダグダ悩んだところで先輩の考えが変わるわけじゃあるまいし、放置すんのがいちばんいいんじゃない？　香織が悩む必要はナッシーング」

「そうは言うけど、」

「来年にはまた部の流れも変わるかもよ？　先輩たちも、うざい後輩はさっさと辞めてまえーって言うかもしれんし」

「それだと状況が悪化してない？」

「最初から改善するとは言ってへんねんなー、これが」

「屁理屈《へりくつ》」

「ま、そういう考え方もあるってこと。うちはここが底やとは思ってへん」

ここ、と発音するとき、あすかはもったいぶった動きで人差し指で地面を示した。ベンチの裏に設置された外灯が、チカチカと震えながら点灯する。

「来年、もっとひどくなるって可能性はある。いまの二年生はとがった無能ばっかやし」

「辛辣だね」

「だって事実やもーん。ああいうさ、他人を虐げることでしか自分の存在価値を感じられへん人たちって、なんで発生するんやろね。ほんま、脳みそ空っぽでかわいそう」

「あすかはこういう環境を自分で変えようとは思わないの？　あすかだったら多分、変えられるよ。この部活を」

拳を握り締め、香織はまっすぐにあすかの顔を見据えた。あすかは優れた人間だ。それは美貌だとか才能だとかそういった部分とはまた別の、根幹のスペックの話だった。もしもあすかが真剣に部活改革に取り組めば、これまであすかを嫌っていた人間ですら従わざるをえなくなるだろう。この部にいる誰しもが、本当は本能的に理解しているのだ。田中あすかは特別な人間である、と。

香織の真剣な視線を受け止め、あすかはキョトンと目を丸くした。その唇が、緩やかに弧を描く。

「あほくさ。なんでうちがそんなことしなあかんの」

一笑し、あすかはひらりと手を振った。

「そういうのは熱血君に任せてりゃいいんやって。だいたい、うちは同じパートの子らが辞めてくのですら引き止めへんようなやつやのに。あ、香織が辞めるって言い出したらさすがに止めるけどね」

「どうして？」

「そりゃあ、香織は上手《じょうず》やから。上手《うま》い子は部におって損にはならんでしょ」

こうした明け透けな言い方が、余計な敵を作るのだ。聡《さと》い彼女がわざわざこうした発言をするのは、相手が自分から離れるかどうかを試しているのだと香織は勝手に推測している。最初に出会ったときから、あすかはこういう人間だった。

腕を伸ばし、ベンチの上に手のひらを置く。そのまま静かに距離を詰めると、あすかはこちらを見て頬を緩めた。長い黒髪が、秋風のなかを泳いでいる。

「私さ、あすかのこと好き」

「いきなり何？　ついに愛が抑えきれんくなっちゃったわけ？」

「そうやっていっつも冗談にするけど、あすかはね、自分がちゃんと愛されてるって理解したほうがいいよ」

「愛されてるって、誰から？」

「私から」

香織の言葉に、あすかはなんとも言えない顔で唇をへの字に曲げた。

「……そういうこと真っ向から言ってくるの、ザ・香織って感じ」

「嫌だった？」

「鼻につくけど嫌いじゃない」

「ならよかった」

その身体にもたれかかっても、あすかは抵抗しなかった。ローファーの踵《かかと》を地面に立て、香織はあすかの端整な横顔を見上げる。繊細な飴細工《あめざいく》にも似た長い睫毛《まつげ》は、力強く上を向いていた。

「香織はさ、なんでうちのこと好きなん？」

「逆に聞くけど、あすかのこと好きにならない人なんている？」

「それ、本人に言いますか」

「純粋にそう思ってるの、私は。嫌ってるように振る舞ってる人だって、あすかから優しくされたらきっとコロッと態度を変えるよ。みんな、自分のものにならないからって警戒してるだけ。それぐらい、あすかはすごいの。特別だから」

「特別ねぇ」

頬杖《ほおづえ》をつき、あすかはぼんやりとつぶやいた。赤いフレーム越しにのぞく瞳が、遠くに焦点を結ぶ。無人のグラウンドは、乾いた砂で埋め尽くされていた。

「私、ここまでほかの誰かと仲良くなりたいって思ったことなかったの。一生で、多分あすかだけ」

香織は、自分が他者から愛されることを知っていた。クラスで香織が困っていると誰かがすぐに手を差し伸べてくれる。授業の課題範囲がわからなければ誰かが教えてくれたし、自由にグループを決めなければいけないときには必ず誰かがいちばんに自分を指名した。そのたびに、香織は自分に親切にしてくれる相手にきちんと誠意で応えるようにしていた。自分を愛してくれる周囲の人々を、香織は心から愛していた。

だけど、あすかは初めから違った。本当に、何もかもが違ったのだ。双眸《そうぼう》へ柔らかな影を落とす黒髪や、しなやかに伸びた細い指。その一つひとつが光を放ち、香織を強烈に惹《ひ》きつけた。あすかは香織に、無条件の親愛を与えなかった。それでもそばにいたいと思ったのは、香織があすかに求めているものが単なる親愛などではなかったからだ。

「熱烈な告白ですこと」

茶化すように笑い、あすかは脚を組み替えた。その唇が、片側に引っ張られる。唐突に、あすかの顔が香織の顔へと近づいた。その瞳が、狩りをする猫みたいにきらりと光る。

「じゃ、香織はさ、うちが特別な人間じゃなかったら、好きじゃなくなるん？」

そんなことない、と即座に否定しなかったのは、あすかの台詞を自分のなかでうまく噛み砕くことができなかったからだった。香織にとってあすかという存在そのものが特別なのだから、あすかが特別でなくなるなんてことはありえない。

ごくりと喉が上下する。唇が震え、うまく言葉が出なかった。あすかの瞳に失望の色がよぎったのがわかった。レンズ越しに映る両目を細め、彼女はへらりと薄っぺらい笑みを浮かべた。

「そろそろいい子は帰らなあかん時間やな。カラスが鳴いたら帰りましょーってね」

「あすか、私、」

「ちょっともう、変な顔せんといてよ。素敵なお嬢さんには笑顔が似合いますぞ」

おどけた口調で告げ、あすかが香織の頬をなでる。その指の冷たさに、香織はいまにも泣きそうになった。自分の前ではそんなふうに道化を振る舞わないでほしい。そう口に出せば、多分あすかはそれに従ってくれる。でも、きっとそれでは駄目なのだ。あすか自身の意思でなければ、そこになんの意味もない。

くしゃくしゃに丸まった包装紙をナイロン袋に押し込み、香織はベンチから立ち上がった。熱をはらむ瞳を見開いたまま、香織はいまだ座ったままのあすかを見下ろす。

「明日も一緒に帰ろうね」

そう力を込めて言うと、あすかは眉尻を下げて苦笑した。どんだけうちのこと好きなん。そう揶揄《やゆ》する彼女もまた、いまにも泣き出しそうな目をしていた。

*

なんだか書いてたら暗くなっちゃったね。気づいたら便せんの枚数も増えていて、自分でもビックリです。私、自分の気持ちを言葉にするのが下手《へた》なのかもって、いまさらながら思いました。あすかだったらもっと上手く書けたのかな。そもそも、手紙なんて書かないか。

あすかが部活に来なくなったとき、私、自分に何ができるんだろうって何度も思ったの。あすかの力になりたいって。でも、結局なんにもできなかったような気がする。いろんな人があすかのために動いて、でも、あすかは結局自分の力で自分を助け出してたね。あすかのそういうところがずっと好きでした。あ、でしたっていうのはおかしいか。いまも好きだから。

あすかはこれから新しい世界に出て、新しい友達を作るんだろうね。いろいろな世界を知って、高校の思い出も少しずつ薄れていっちゃう。それが当たり前だってことはわかっています。でも、私はわがままだから。それは嫌だって思ってしまいます。

私はあすかとずっと一緒にいたい。あすかの一番になりたいです。だから、勇気を出してこの手紙を書きました。なんか、文字が震えて変な感じになっちゃってるね。

普段はもっと綺麗《きれい》な字を書けるんだよ？　本当だからね。

あすか。私はあすかと出会えて幸せです。友達でいてくれてありがとう。そして、もしよければ、これからも一緒にいてください。

あすか。本当、なんて書けばいいんだろう。あすかの名前ばっかり書いて、これじゃ全然伝わらないね。つまり、いや、つまりっていうのもおかしいんだけど、私、春から看護学校に進学します。もう言ったよね、あすかの行く大学の近くにあるって。それでね、本当にもし、もしよかったらなんだけど、あ、なんか、手のひらに汗かいてきちゃった。読みにくかったらごめんなさい。

もしあすかさえよければ、一緒に住みませんか。

ルームシェア、昔から憧れてたの。もちろん、無理にとは言いません。ただ、そうしたらお互い生活費が安くなっていいかなって。返事、ずっと待ってる。断るにしても、絶対に返事をください。というか、返事がなかったら直接聞きに行くからね。

それでは最後に改めて、卒業おめでとう。

中世古　香織より

四　そして、そのとき

入学式のときに着るスーツは、家の近くにあった量販店で買った。ベテランふうの店員が、「リクルートスーツとして使えるんですよ」と母親に熱心に話していたのを思い出す。黒のジャケットに、黒のスカート。少し高さのあるヒールのパンプスも、もちろん黒。べつに、黒が嫌いってわけじゃない。ただ、おもしろみはないなと思う。靴ずれのできた踵《かかと》をなで、斎藤葵《さいとうあおい》はため息をついた。大学の入学式は、思ったよりも退屈だった。

みんなと同じ格好をするのは楽でいい。頭を使わなくていいし、周囲から浮く心配もない。でも、それだけだ。選ぶ面倒さと流される楽さは、生きるうえでどちらが尊重されるべきなのだろう。周囲を歩く新入生を漠然と目で追うと、皆が似たような格好をしている。それでも、華やかな人間とそうでない人間の見分けはたやすくついた。

ベンチに座っていると、サークル勧誘に勤《いそ》しむ学生たちが勝手にチラシを置いていく。高校時代と違い、部活・サークルの種類は優に百を超えていた。四百以上あるという噂《うわさ》も聞いたことがあるが、ここまでくるとすべてを把握することすら難しい。重なったチラシをめくると、その大半は運動部のマネージャー募集だった。中華街食べ歩きサークルや宝塚《たからづか》を見る会など、葵の興味を引くものもちらほらと紛れている。

「なあなあ、文学部の子やんな？」

声をかけられ、葵は慌てて顔を上げた。葵と同じくスーツ姿の女が、こちらを見下ろしていた。ベリーショートの髪は鮮やかな金色で、剥《む》き出しになった耳にはやたらと大きなピアスがついていた。不良だ、と葵は即座に思った。頭髪の規定なんて、もう存在しないのに。

「あ、ハイ。そうですけど」

「いやー、よかったぁ。さっき式で見かけたよなあって思って。うちも文学部の一年やねん。国文学科。あ、意外や思ったやろ。こう見えて昔から古典好きやねんで」

早口でまくし立て、女は了解も取らずに葵の隣に腰かけた。その細い体躯《たいく》は、華奢《きやしや》というよりは引き締まっているという形容のほうがふさわしかった。葵とは違い、彼女が着ているのはパンツスーツだ。

「さっきさ、なんか気づいたら解散ってなってたやん？　友達作りそびれてやらかしたわぁって思ってたから、自分、ちょうどええとこにおったわ。何やってんの一人で」

「とくに何も。靴ずれしてたから、少し休憩してただけで」

「じゃ、休憩時間延長やな。どこ出身なん？　関西？」

その勢いに、葵はたじろいだ。ずいぶんと積極的な性格らしい。少し距離を取りつつ、葵は探り探りに言葉を発した。

「ずっと京都。京都の、宇治《うじ》っていう……あの、平等院《びようどういん》の」

「そんぐらいはさすがにわかるって。うち『源氏物語《げんじものがたり》』好きでさあ、源氏物語ミュージアムも行ったことあんねんで？　宇治十帖《うじじゆうじよう》の、薫《かおる》の君《きみ》が好きで」

熱のこもった口ぶりから察するに、古典好きという言葉は本当なのだろう。強張《こわば》る肩の力を抜き、葵は彼女に向き合った。

「私、源氏物語は教科書でしか読んだことなくて」

「ええっ、マジで？　もったいなっ。じゃ、なんの本が好きなん？」

「普通に、本屋さんで見かけたおもしろそうな本を読むって感じかなぁ。あとは、夏目《なつめ》漱石《そうせき》とか」

「なるほどなるほど。じゃ、森鴎外《もりおうがい》派とはウマが合わない？」

「そんな過激派の人、いまどきいいひんと思うよ。それに私、どっちも好きやし」

「おお、平和主義。うちはそこらへんの作家やったら太宰治《だざいおさむ》とか好きやなー。坂口安吾《さかぐちあんご》とか」

趣味がわかりやすいラインナップだ。『人間失格《にんげんしっかく》』や『堕落論《だらくろん》』には葵も心惹《ひ》かれたし、高校時代にこれらの作品に傾倒している友人は何人かいた。

「本、好きなんやね」

「本っていうか、文字ならなんでも？　活字中毒みたいなもん。でも、こういう話できるのってうれしいわ。高校のころはあんま読書する友達おらんかったから。うち、伊藤杏子《いとうきようこ》っていうねんけど。自分は?」

「斎藤葵」

「覚えやすくていい名前やん。『源氏物語』にも出てくるよ、葵《あおい》の上《うえ》って」

それを褒め言葉として受け取るかは怪しいところだ。光源氏《ひかるげんじ》の妻であった葵の上は、六条御息所《ろくじようのみやすんどころ》の生き霊に殺されてしまう。ニコニコと無邪気に笑っているところを見るに、杏子に他意はないようだが。

さりげなく、葵は話題を変える。

「杏子ちゃんはどこ出身なの?　やっぱり関西?」

「うち?　うちは大阪。秀大《しゆうだい》附属高校ってわかる?　そこ出身やねんけど」

「あぁ、わかるよ。吹奏楽の強豪校やもん」

葵の言葉に、杏子は照れたように頬をかいた。

「じつはうち、吹部《すいぶ》出身やねん。トランペットやってて」

「ええ、すごい。私もいちおう、吹部やったよ。サックス担当で」

「めっちゃ偶然やん!　え、どこ高校?」

「北宇治《きたうじ》」

そう告げた瞬間、杏子の瞳が見開かれた。眉根が寄り、そのあいだに深く皺《しわ》が刻まれる。

「それは……めっちゃ運命感じる。いろんな意味で」

台詞《せりふ》の意味が理解できず、葵は首を傾《かし》げた。杏子はゆるゆると首を左右に振ると、「いやね、」と自嘲に近い笑みを浮かべた。

「うちらの最後のコンクールさ、北宇治に負けて全国行けへんかったから」

今度は葵が息を呑《の》む番だった。葵が退部した年、北宇治高校は確かに全国大会に進出した。それまでは三強と呼ばれる大阪の強豪校が三枠を占めるのが恒例となっていたから、弱小校であった北宇治の全国大会出場の報《しら》せは他校に相当な衝撃を与えただろう。ましてや、当事者となればなおさらだ。

「ま、そんな昔の話とかどうでもええねんけどさ」

手を振りながら、杏子が軽薄な口調で言う。それが杏子の気遣いであることは、葵にだってすぐにわかった。

「北宇治、一年でめっちゃ上手《うま》くなったよな。噂によるとあの顧問がすごいって話やったけど、ほんま？」

「それは本当。あの先生が来るまで、そんな真剣にやる空気はなかったから」

答えながら、葵はなんだか後ろめたい気持ちになった。秘密を告げ口したような、妙な罪悪感がある。

杏子は得心した様子で何度も首を縦に振っていた。

「はー、やっぱり。イケメン顧問ってうらやましいけど、あそこまで北宇治を引っ張り上げたってことはどう考えても指導厳しいよなあ」

「それは部員の子たちも言ってたね。鬼顧問って。まあ、私は途中で退部しちゃったから、コンクールには出てへんねんけど」

「そうなんや。じゃ、もう楽器やらんの？」

「それは……」

ベンチに手をつくと、乾いた感触が手のひらに食い込んだ。カサリと鳴った音の発信源に目を向けると、積まれていたサークルのチラシが葵の手によって皺まみれになっている。杏子の腕が伸び、そのうちの一枚を拾い上げた。

「吹奏楽サークルなんてどう？　それやったらサックスもできるやん」

「杏子ちゃんは入るつもりなん？」

「んー、わからん。オーケストラサークルもええなって思ってたから。でも、正直、吹けるならどっちでもええと思ってるから、一回見学行ってよさそうなほうに入ろうかなって」

「入ってから怖いサークルってわかったらどうしよう」

「そのときはやめたらええやん。趣味やねんから。我慢するために音楽やるんちゃうんやで？　楽しめへんかったら意味ないやん」

脚を組み、杏子が笑う。ピカピカと光る金髪がまぶしくて、葵はとっさに目を細めた。

目力を強調する濃い化粧も、艶やかな赤い唇も、普段なら敬遠するはずの何もかもがカッコよく思えた。皆と同じ黒いスーツを着ていても、彼女は楽しそうだった。

首から下げた楽器の重みがひどく恋しい。キィに指をかけ、トーンホールをタンポで塞ぐあの感触。記憶を探れば、薄らいでいた感覚が手のなかに生々しく蘇《よみがえ》る。吹きたい、と心が言った。思いっきり、楽器が吹きたい。

「新歓イベントもあるみたいやしさ、今度行ってみようや」

杏子が言う。その提案に、葵は気づけばうなずいていた。もう一度音楽がやりたい。そんなことを思う自分自身に、葵がいちばん驚いていた。

吹奏楽サークルの新歓イベントは、三十分ほどの演奏会を中心に構成されていた。そろいのシャツを着た学生たちが、流行《はや》りのポップスを演奏している。指揮者の学生はMCも兼ねているらしく、学校ネタを絡めたトークを交えつつ、上手く進行している。奏者も学生、客も学生という内輪のイベントではあったが、その距離の近さが葵には居心地よく感じられた。

演奏会が終わるとそのまま説明会へと移り、先輩たちが新入生の質問に一つひとつ答えている。杏子は高校時代の先輩に捕まったらしく、会場の隅で熱烈な勧誘を受けていた。とくにすることもなく葵がふらふらとその場をさまよっていると、見覚えのある人物の後ろ姿が視界をよぎった。あ、と思考するよりも先に、葵の喉から声がこぼれた。

「晴香《はるか》」

ぴくりと肩が揺れ、弾《はじ》かれたように彼女は振り返った。不安そうに丸まっていた肩と手が、妙に印象的だった。

「葵やん。ビックリ、こんなところで会うなんて」

うっすらと上気する彼女の頬が、音もなくほどけた。綻ぶ口元には安堵《あんど》がにじんでおり、その現実が葵の恐れを軽減させた。正直に言うと、自分が退部したことを当時の部員たちがいまだに根に持っているのではないかと不安に思っていたのだ。――いや、それも正確ではない。葵は皆から許されることを願っていた半面、あの日のことが些末《さまつ》な出来事として完全に忘れ去られることも嫌だった。

「よかったー。知り合いとか全然おらんからさ、ほんまどうしていいかわからんくて」

気弱に眉尻を下げる晴香の表情は、葵の記憶のなかのそれとなんら変わらなかった。パステルカラーのシャツに、チェックのスカート。純朴さの残る容姿に、葵は少しほっとした。どんな見た目になろうとも当人の自由だが、晴香の魅力は飾り気のないところにあると感じていたから。

「晴香はなんでここに？　うちの大学の学生ちゃうよね？」

「そうやねんけどさ。うちの通ってる大学には吹奏楽サークルがなくて。せっかくやし卒業してもサックス続けたいなって思ってたから、学外のサークル探してたの」

「そうなんや」

「こっちとしては葵がここにいるほうがビックリしたけどね。楽器、続けるんやなって」

「まだ完全に決めたわけちゃうけどね。ただ、サックスが吹きたくなって」

「わかるわかる。うちも、時間あいたらバリサクが恋しくて」

共感を示すように、晴香が深くうなずいた。彼女と最後に話してからずいぶんと日がたつが、そんなことを感じさせないくらいに二人の会話はいつもどおりだった。吹奏楽部員だったころに引き戻されたみたいだ。

「でも、やっぱりここの大学って大きいね。オケサーも吹奏楽もあるなんて」

「私立やからね。校舎も大きいし、人も多いし」

「広いやんなぁ。うちもここに来るまでに迷いそうになった」

「それは晴香が方向音痴やからじゃなくて？」

「そんなことはない……と、思う」

心当たりがあるのか、晴香はきまり悪そうに口ごもった。楕円《だえん》に細められた両目が、ちらりと葵の顔を映す。

「葵は迷わんの？　こんな広い学校で」

「授業のときには地図見ないとわかんないことが多いかも。キャンパスが違ったりもするし」

「そっか。ここことは違うキャンパスもあるねんもんなぁ」

「でも、ちゃんと道がわかってるから。だから大丈夫」

広いキャンパス内は、進む順序さえきちんと守れば必ず目的地にたどり着く。最低限の答えは地図上に用意されていて、それに従うのか、それとも外へと飛び出すのかは本人の判断に委ねられている。

「晴香はすごいよね。こうやって学校の外に出て」

「なんもすごないよ。単純に、うちの学校にサークルがなさすぎただけやし」

「でも、私やったら多分、そこまでして楽器やろうってならんやろうから。このサークルだって、途中で嫌になるかもしれへんし」

「それはそのときにならんとわからんやん。嫌になるときはあるかもしれんけど、やってよかったって思うときもあるかもしれんし」

「晴香はあった？　部長やっててよかったって思ったとき」

「あったよ、いっぱい」

晴香は即答した。その声音の力強さに、葵は圧倒された。その短い台詞には、自分自身を誇る気持ちが込められていた。一年という時間は、気弱な少女を強くするには充分な長さだった。

「……そうなんや」

噛み締めるように葵はつぶやく。そのとき、会場内で大きな歓声が上がった。先輩部員に絡まれていた杏子が、トランペットを吹き鳴らしている。誰かがドラムを叩《たた》き、それに乗りかかるようにトロンボーンやチューバの音が混じり始めた。周囲にいた学生たちは手や足を叩き鳴らし、即興のセッションを盛り上げている。

「楽しそうやなぁ」

晴香が言った。葵はうなずいた。こんなふうに楽しそうな誰かを遠巻きに眺めて、高校生活は過ぎていった。妥協と納得を折り重ねて作り上げた思い出は、目に見えた傷はないけれど、他人のものみたいによそよそしい。

響くリズムに、賑やかな笑い声。楽しさは熱となって、空気から空気へ感染する。おいでよ、と誰かの瞳が呼びかけた。そこに突っ立って、興味のないふりをして、それでいったいどうなるの？　浮かび上がった問いかけは、見て見ぬふりをして押し込めてきた自身の本音だ。

足裏から込み上げてくる焦燥が、葵の喉を震わせた。

「うちらも行こうや」

晴香が目を丸くする。その口角は次第に上がり、やがてゆるりと笑みを作った。

五　上質な休日の過ごし方

梨々花《りりか》と遊びに行く日は、普段よりもおしゃれに気を遣う。袖口にボリュームのあるデザインのブラウスに、茶色を基調としたベストを合わせる。スカートは裾に近づくほど膨らんでいて、端には黒のレースがあしらわれている。おとぎ話の挿絵を差し込んだような図柄にひと目惚《ぼ》れして、母親に買ってもらったものだ。短い白のソックスに、艶やかに光る赤いパンプス。お姫様みたいな仕上がりのコーディネートは現実離れしていて、着こなすには人を選ぶ。でも、奏《かなで》は大丈夫だ。だって、自分がとても可愛《かわい》いことを知っているから。

「お邪魔します」

梨々花の家は、山の斜面にある住宅街の一角に建っていた。最寄り駅から徒歩三十分。運よくバスを拾えても、バス停から十五分は歩くことになる。車で送ってもらえてよかった、と、奏は運転席から手を振っていた自身の父親の姿を思い出す。舗装された道とはいえ、このパンプスでは斜面を歩くことは難しかっただろう。

「お父さんもお母さんも今日は仕事やから、どうぞおくつろぎくださいな」

「休日も仕事なん？」

「というか、休日が稼ぎどきやから。飲食業は」

梨々花に促されるがまま、奏はリビングのソファに腰かけた。ごくありふれた構造をした二階建て住居は、豪華でもなければ貧相でもない。壁に貼られたカレンダーには近くの工務店の名前が入っており、ダイニングに並んだテーブルには昔に流行《はや》ったキャラクターもののシールが貼られていた。生活感にあふれた空間に抗《あらが》うように、梨々花は可憐《かれん》さと清楚《せいそ》さをかけ合わせたような、洗練された格好をしている。

「はい、これ。奏シェフの分」

手渡されたのはアイボリーのエプロンだった。梨々花と親しくなってからというもの、この家には何度も遊びに来たが、そのたびに彼女はこうして奏と料理をしたがる。

「いつもありがとう」

「お代は愛情で結構ですよ」

「あいにく持ち合わせがないわ」

「じゃ、ツケってことで」

奏に渡したものと同じエプロンを身に着け、梨々花は自身の袖をまくり上げた。

「今日は奏シェフと一緒に、とっても美味《おい》しいものを作ろうと思いまーす」

「とっても美味しいものって？」

「私の大好物」

「何それ。ヒントを要求する」

「んー、私にピッタリの可愛いお菓子かなぁ」

「油揚げ？」

「それお菓子ちゃうやん。っていうか、油揚げって可愛い？」

「いや、梨々花にピッタリな食べ物ってイメージで考えてたから」

「褒め言葉として受け取っておきますぅー」

そう言って、梨々花はわざとらしく片頰を膨らませる。奏はソファから腰を上げると、キッチンに立つ梨々花の隣へ移動した。

「で、梨々花シェフは結局何を作るつもりなん？」

「本日作るのは、ウフ・ア・ラ・ネージュです」

「何それ」

聞いたことのない単語に、奏は首をひねった。うふふん、と梨々花が得意げに顎を突き出す。

「フランスのお菓子で、和訳すると『淡雪ふうの卵』って感じかな？」

「まーたそういうカタカナのお菓子を作りたがる……」

「だって名前も見た目も可愛いんやもん」

「この前作ったんは、なんて名前やったっけ？」

「あれはトロペジェンヌ。愛情たっぷりやったから美味しかったでしょ？」

「確かに美味しかった。たまに無性に食べたくなる」

「さっすが奏。よくわかってるねぇ」

いかにもうれしそうに、梨々花はくしゃっと破顔した。彼女のこういうところがずるい、と奏は思う。ともすれば不躾《ぶしつけ》だと思われるような行動も、梨々花のこの笑顔の前では許される。彼女は自分が魅力のある人間だと自覚しているし、どうすれば上手《うま》く相手の懐に潜り込めるかを冷静に計算している。一見無茶苦茶な、しかしその実したたかな行動は、あふれんばかりの愛嬌《あいきょう》でコーティングされているため無邪気さゆえのものだと思われがちだ。

こうした彼女の小利口な一面を、奏は高く評価している。自分の活用方法を理解している人間は嫌いじゃない。

「で、これから何すんの？」

「それをいまから説明します」

ボウル、泡立て器、計り、鍋……。次から次へと作業台に並べられる道具を、奏は料理番組のアシスタントのような面付きで眺めている。神妙に相槌《あいづち》を打つだけで、梨々花のテンションは勝手に上がっていくのだ。

「まずはメレンゲを作っていきまーす。ボウルに入れた卵白をしっかり泡立てる！」

「はいはい」

「で、いろいろと混ぜて、ゆでる！」

「おおー」

「最後に、事前に用意しておいたアングレーズソースの上に置くと完成です」

「素晴らしい」

ぱちぱちと手を叩《たた》くと、梨々花は満足げに鼻を鳴らした。「じゃ、最初は卵から」という言葉とともに、梨々花は銀色のボウルに卵白を、もうひとつのボウルに卵黄を分け入れる。それを眺めつつ、奏は次から次へ梨々花に卵を渡していく。簡単で、楽で、非常に重要な仕事だ。

「結局さー、これってゆでメレンゲってことなんでしょ？」

電動泡立て器が、ボウルの中身をかき混ぜる。透明な卵白は徐々に色を持ち、もこもこと雲のような形を作り始めた。

「まあ、言っちゃえばそうね」

「じゃあ、ゆでメレンゲでよくない？」

「でも、それやと可愛くないやん。ウフ・ア・ラ・ネージュって言ったほうが、おしゃれで可愛い」

ボウルのなかに砂糖を加え、梨々花は再び泡立て器のスイッチを入れる。どんな味かはわからないけれど、すでに美味しそうな見た目をしている。

「どうせ作るなら、自分のテンションが上がるようなものがいいやん。呼び方ひとつで幸せになれるなら、おしゃれな呼び方にしたほうが人生お得でしょ？　休日にゆでメレンゲ作りましたって人と、ウフ・ア・ラ・ネージュ作りましたって人がいたら、後者のほうが上質な生活を送ってる感じがするやんか」

「それは一理も二理もある」

「私は可愛く見られたいし、おしゃれな人だなって思われたい。梨々花ちゃん素敵すぎ！　ってうらやましがってくれる人がいたら最高」

「リリカチャンステキスギ！」

「カナデチャンモネ！」

「……んふっ、」

会話のあまりの馬鹿らしさに、奏は思わず噴き出した。それに釣られたように、梨々花も肩を揺らして笑い始める。おしゃれなお菓子を作るのは上質な趣味だし、友達と笑い合うのは上質な時間の使い方だ。なんせ、自分が幸せになれる。

「梨々花シェフ。私、次回は苺《いちご》のミルフィーユが食べたいです」

奏の注文に、梨々花は「任しといてよ」と胸を叩いた。どうやら次の休日も上質なものになりそうだった。

六　友達の友達は他人

った。

柊木芹菜《ひいらぎせりな》が北宇治《きたうじ》高校を選んだ決め手は、中学時代の知り合いが少ないところだった。

誰かとつながっているのが嫌だった。友達だとか恋人だとか、そういう生ぬるい言葉は嫌いだ。電子レンジで加熱不足だったときみたいに、上っ面はいかにも湯気が立って熱を持っているのに、芯のほうは冷えている。でも、大人になるってきっとそういうことなんだろう。冷めきったご飯を「おいしい」と嘘《うそ》をついて食べるのと同じで、好きでもない誰かと誰かを愛想笑いでつないでいく。

「やっぱ二組の吉岡《よしおか》君ってモテるんかなぁ」

昼休みの教室。教卓前に集まり、友人たちは先ほどからどうでもいいことを延々と語り合っていた。

「アンタ、吉岡のこと好きなん?」

「いや、好きってわけちゃうけど。気になるっていうか……向こうから告白してくれたら付き合ってもええなって感じ」

「うわ、上から目線すぎ」

アハハ、と空回るような笑い声が起こる。夏服の袖口からのぞく少女たちの二の腕が、日光を浴びてぴかぴかと光っていた。

この高校に入学して二年目に突入したが、帰宅部の芹菜には数人の友人がいた。ダンス部だったりテニス部だったり、彼女たちの所属している部活はバラバラだ。とくに話が合うわけでもなく、共通の趣味があるわけでもない。それでも皆で群れるのは、隣に人がいることがなんとなく心地がいいからだ。孤独でいるのは嫌いじゃないが、孤独に思われることは腹立たしい。

芹菜は、憐《あわ》れまれることがいちばん嫌いだ。

「そういやさ、知ってる？　久美子《くみこ》ちゃんと塚本《つかもと》、付き合ってるんやって」

「誰と誰って感じなんですけど」

「えー、久美子ちゃんはわかるやろ？　このクラスの黄前《おうまえ》久美子！　ほら、ちょっとおっとりしてる系の、よう葉月《はづき》らと一緒におる子」

「あー、ハイハイ。把握した。いいなー、私も彼氏欲しー」

「吹奏楽部カップルらしいで。部内恋愛」

「ダンス部、女子率１００パーセントなんやけど。どうやったら部内で恋愛イベント起こるわけ？」

「何言ってんの。ウチがおるやん」

「キュンッ！」

「なんやこのアホみたいな会話」

再び笑いが起こる。今度は芹菜もちゃんと笑った。黄前のことはちょっとだけ知っている。なんせ自分と同じ中学だったから。彼女が佐々木梓《ささきあずさ》と同じく吹奏楽部に入っていたことは知っていたが、高校でも吹奏楽を続けているのは初耳だった。いや、もしかすると以前にも聞いた可能性はあるが、どうでもいい相手なので記憶に残らなかったのだろう。

「うちの吹部《すいぶ》ってどんな感じなん？」

芹菜が会話に加わると、野球部のマネージャーである友人がなぜだか鼻息を荒くした。

「去年からめっちゃ上手《うま》なったよ。応援で演奏してくれたときにテンション上がったもん。去年も全国行ったし、今年も全国目指してるらしいで」

「それって、立華《りっか》とどっちが上？」

「立華って立華高校？」

「うん、そう」

「他校についてはうちもよう知らんし、わからんわ」

あ、でも、と彼女は思い出したように後ろの机を振り返る。

「緑《みどり》ちゃんなら多分詳しいんとちゃう？」

「緑ちゃん？」

「川島緑輝《かわしまさふぁいあ》ちゃんやん。ほら、最初の自己紹介でめちゃくちゃインパクトあった」

「あぁー、例の緑輝さん」

小柄で快活な、元気な子という印象だった。奔放に跳ね返る猫っ毛が特徴的で、人懐っこい性格のおかげでクラスに上手く溶け込んでいる。まさに自分とは正反対のタイプだ。

「ってか、芹菜ってば他人に興味なさすぎちゃう？」

「クラスメイトの名前ぐらい覚えときぃな」

「私、昔から人の名前覚えるの苦手やねんなぁ。顔はわかるんやけど」

頬杖《ほおづえ》をつきながら答えると、「それが興味ないってことやで」と一笑された。

翌日、教室はいつものように騒がしかった。期末テストも終わり、あと数日登下校を繰り返せば夏休みがやってくる。帰宅部である自分にはとくに大きなイベントもないため、退屈な休暇になりそうだ。イヤホンから流れる陽気なメロディーが、いかにも夏という感じで不快だった。

でも、と芹菜はおもむろにスケジュール帳を広げる。夏休み明けの九月の頭、真四角の日付欄に手書きの文字で「マーコン！」と書き込まれている。佐々木が勝手に書いたものだ。

佐々木梓について思いを馳《は》せると、気恥ずかしいやら腹立たしいやら、複雑な感情が頭のなかをぐるぐると巡る。記憶のなかにある彼女の後ろ姿は、いつだって凛《りん》としていた。長い黒髪をひとつに束ね、慈愛で塗り固められた眼差《まなざ》しで孤独な人間の心を舐《な》める。悪魔みたいなやつだと思う。誘蛾灯《ゆうがとう》みたいにきらびやかな光を振りまいて、ふらふらと寄ってきた蛾をバクンと飲み込む。ああいう感じ。嫌いになりたくて仕方ないのに、本能が惹《ひ》きつけられて、気づけばじりじりとこちらから近づいてしまう。これじゃ結局アイツの望みどおりだ、と芹菜は頬杖をついたまままため息をつく。それが嫌じゃない自分が嫌だった。

「芹菜ちゃん、どうしたん？」

いきなり声をかけられ、身体が一瞬硬直した。声の主へと顔を向けると、紅茶の入った紙パックを手にした川島緑輝が、その真ん丸な瞳を瞬かせている。イヤホンを引き抜き、芹菜は姿勢を正した。

「どうしたのって、何が？」

「芹菜ちゃんが緑に聞きたいことがあるって聞いたから！」

「あー……」

昨日の会話を思い出し、芹菜は口端をひきつらせた。多分、友人の誰かがおもしろ半分に彼女に声をかけたのだろう。水色のストローを口にくわえ、川島はずるずると中身を吸い上げた。フレッシュレモングラスとパックには書かれているが、彼女がそうした味を選ぶのは意外だった。子供みたいな見た目からして、苺《いちご》ミルクみたいな甘い飲み物を好むのかと思っていたから。

「いや、べつに大したことじゃないねんけど、立華ってどんぐらい吹奏楽強いんかなあって」

「立華高校！」

芹菜が学校名を口にした途端、川島は煌々《こうこう》と目を輝かせた。紙パックを机に置き、川島は身振り手振りで語り始める。

「立華高校っていえば、全国でも有数のマーチング強豪校やね！　あそこの学校の大きな特徴が、ダンスみたいな激しいステップ。マーチングって楽器を演奏しながら動きを求められるから、いっぱい動くのって大変やねん。でも、立華のパフォーマンスは飛んだり跳ねたりして、吹奏楽を全然知らん人でもすごいなぁーって思うレベルなの」

「う、うん」

「去年は確か、マーチングでは全国金賞やったかな。マーチングのほうでは、もう何年も全国大会に行ってる。あとあと、アメリカでお正月にやってるローズ・パレードってめっちゃ有名なパレードにも今年は参加するんとちゃうかったかなぁ。立華高校はね、前にも海外でパレードやったことがあるんやで。演奏会も人気で、ほんまにすっごい高校なの！」

まくし立てるような熱弁に、芹菜は周りのクラスメイトたちの視線を感じた。芹菜と川島という組み合わせが珍しいからかもしれない。

「詳しいんやね、川島さん。吹奏楽好きなん？」

「うん、大好き！」

にぱっ、と川島は花が咲いたように笑った。無邪気な言葉で告げられた『好き』の二文字が、乾いた地面を濡らす雨粒のように芹菜の喉奥に溶け込んでいった。彼女の好きは、キラキラとして美しかった。小学生のときに理科の授業で作った塩の結晶みたい。舐《な》めたらしょっぱいのかもしれないけれど、見ている分にはただただ綺麗《きれい》だ。

「北宇治の吹部は立華と接点あったりする？」

「あるある。一緒に演奏会やったりもするし」

「へぇ」

それは意外だった。同じ吹奏楽部というだけで他校の人間と親しくなることもあるのだろうか。自分なら絶対無理だな、と思う。まず、大勢の人間と一緒に行動する時点で疲れる。演奏なんてもってのほかだ。

「あ、マーコン見に行くん？」

開きっぱなしの手帳の書き込みを目ざとく見つけ、川島がコテンと首を傾《かし》げた。

「うん。とも……まぁ、知り合いに誘われて。っていっても、そもそも私はマーコンが何かもよう知らんのやけど」

途中で言いよどんだのは、友達という呼び名がなんだか恥ずかしかったからだ。その本心すら見通したように、川島はにこにこと目尻を下げている。

「マーコンっていうのはマーチングコンテストを略した呼び方。九月ってことは京都大会やね」

「そうなん？」

「うん。関西大会の進出を賭けた予選大会。いろんな学校のいろんなパフォーマンスが楽しめるから、座奏のコンクールよりも最初はマーコンのほうがとっつきやすいかもしれへんね」

「ザソウ？」

「あ、ザソウっていうのは、座って奏でるって書くねん。座ってする演奏のこと。北宇治はマーチングはせえへんから、立華とはまた全然違うかな」

「どっちのほうが上なん？　北宇治と、立華と」

単純な好奇心からの問いかけだったのだが、川島は両腕を組んで考え込んだ。

「演奏って、どっちが上とか言えへんなぁって、緑、思うねん。全国出場とか金賞獲得とか、上手いねって言われる学校のバロメーターは確かにあるけど、でも、音楽ってそれだけとちゃうやんか。聞く人の好みもあるし、音楽は生き物やからステージによっても変わったりするし。やからね、緑はあんまり軽々しくどっちが上とかは言えへんかな」

真摯な回答に、芹菜は息を詰まらせる。真面目に、真剣に、何かと向き合っている人の言葉だった。こういう相手は苦手だ。密度の高い情熱が、チリチリと芹菜のうなじを焼いた。自分は何をしているんだろう。ぽっかりとあいた虚無が焦燥に姿を変えて、自身に襲いかかってくる。

ぱちん、と小さな破裂音が目の前で弾《はじ》けた。川島が両手を叩《たた》いたのだ。

「でもでも、北宇治と立華が両方ともトップクラスで上手いってのは間違いないかな。どっちもめっちゃ上手い！」

堂々と胸を張る川島に、芹菜はしばし呆気《あっけ》にとられた。自分たちのことをここまで屈託なく褒められる人間も珍しい。

「謙遜とかしいひんねんな」

「んふふ、ほんまのこと言うただけやから。緑、自分がいいなって思うことはちゃんといいって言いたいの。好きとか最高とか、ちゃんと伝えへんとやる気って死んじゃうから」

「そんなもんか」

「自分が頑張ったものを褒められたら、緑はうれしいなって思うよ。芹菜ちゃんは違うん？」

川島の双眸《そうぼう》が、芹菜の卑屈な自我をまっすぐに貫いた。うわ、と思った。こういう根が明るいやつは佐々木みたいな人間の管轄だ。とてもじゃないが、自分の手には負えない。

「いや、まぁ、そういうときもあるけど……」

芹菜は目を逸《そ》らして答えた。それを見兼ねたように、川島が机に身を乗り出す。勢いが怖くて、芹菜は思わず背中を反《そ》らした。

「多分ね、芹菜ちゃんをマーコンに誘ったお友達は、芹菜ちゃんに自分が頑張ってるところ見てほしいんやと思う！　だからね、芹菜ちゃんも恥ずかしがらずにちゃんと伝えてあげなきゃあかんで」

「べつに恥ずかしがってるわけじゃ――」

「言い訳禁止！」

きっぱりと言いきられ、芹菜は思わず苦笑した。幼げな見た目だが、川島は多分、自分よりもずっと聡《さと》い。自分の人生で何を大事にすべきかを、彼女は明確に理解している。

「まぁ、うん……わかった」

素直に肯定するのは恥ずかしくて、しぶしぶとうなずく体《てい》を装う。川島は机から身を引くと、置きっぱなしにしていた紅茶を手にした。くわえられた水色のストローのなかを、ゆっくりと液体が通っていく。

「喉渇いた？」

芹菜が問うと、川島はコクコクと首を縦に振った。その仕草がおもちゃみたいでちょっと可愛《かわい》い。

「緑ぃー！　今日の練習についてやねんけどー」

教室の端で、川島を呼ぶ声がする。体育という単語がよく似合う、加藤《かとう》葉月だ。練習ということは、おそらく彼女も吹奏楽部員なのだろう。その傍らには、困り顔でたたずむ黄前久美子の姿もある。

「緑、そろそろ行くね」

「あぁ、うん」

「また吹部について知りたいときはいつでも聞いてね！　お友達にもよろしく！」

そう言って、川島はあいているほうの手をブンブンと振った。走り去っていく川島の背中はちっぽけで、風が吹いただけでぺちゃんこに潰れてしまいそうだった。でも、多分そんな不安は自分の杞憂《きゆう》で、川島は嵐のなかでだって鼻歌交じりに走って進むことのできる人間な気がする。

「……お友達、ね」

舌のなかで転がすと、その呼称は自分と佐々木の関係を表すにはいささかメルヘンチックすぎた。だけど、そこに込められた子供っぽい響きは嫌いじゃない。

芹菜はスケジュール帳をめくると、空白だらけのページに視線を落とした。これはあくまで仮定の話だが、もし、この夏アイツに会うことがあれば、そのときは応援しに大会まで行くと言ってやってもいい。

そう伝えたときの佐々木の反応を想像する。多分、アイツのことだから過剰なぐらいに喜ぶかもしれない。頬杖をついた手を、芹菜はそっと口元までずらした。そうでもしないと、にやつく口元を隠せそうになかったのだ。

七　未来を見つめて

幼いころ、スキーが苦手だった。足元に広がる白銀の地面に、自分が進んだ道のりが刻まれている。蛇行を繰り返す跡は見も知らぬ誰かのスキー板によってかき消された。視界を覆うゴーグルを外し、晴香《はるか》は短く息を吐く。白に跳ね返る日差しが億劫《おっくう》で仕方なかった。

「ヒャッホー！」

雪の積もるゲレンデの上を、子供用のソリが猛スピードで滑り降りていく。馬鹿みたいに騒がしい声に、晴香の眉尻は自然と下がった。

「あすかー、あんまりふざけてると怪我《けが》するで」

「わかってるわかってる」

こちらの忠告に応じるように、あすかは大きく腕を振った。彼女が乗る真っ赤なソリが、真っ白な地面をえぐっていく。早々にスノーボードを放り出し、彼女は先ほどから斜面を急降下して遊んでいる。田中《たなか》あすかという人間は、ひどく飽きっぽい性分なのだ。

「またソリで遊んでるん？」

隣に滑り降りてきた香織《かおり》が、呆《あき》れと愛《いと》おしさを混ぜたような笑みをこぼした。二人がそろったことに気づいてか、あすかはソリを小脇に抱えると軽やかな足取りでこちらに近づいてきた。

「いやいやお二人さん、こう見えてソリってなかなかに奥深いから。うちはこの一泊二日でソリ道を極めるって決意したの」

「またアホなこと言うて」

「お？　晴香も興味ある？　弟子入りなら大歓迎やで」

「こっちはスキーで手一杯です」

「ふうん？　じゃ、香織は？」

「私もソリは遠慮しとく」

「なーんや、残念」

台詞《せりふ》とは裏腹に、その声音はちっとも残念そうじゃない。あすかの戯言《たわごと》を本気にしないほうがいいというのは晴香も理解している。この二人と過ごしてきた時間は、決して短くはない。

「それにしても、卒業旅行がスキーやなんてね」

ソリの先端を地面に突き刺し、あすかは体をしならせるようにして伸びをした。正直に言えば、あすかはこの旅行に参加しないのではないかと晴香は密《ひそ》かに思っていた。

「あすかはスキー嫌い？」

香織が首を傾《かし》げる。あすかはへらりとした笑みを浮かべると、「スキー好きー」とギャグなのか偶然なのか判断しにくい台詞を吐いた。

三月、晴香たちは北宇治《きたうじ》高等学校を卒業した。新生活が始まるまでの猶予期間を有意義に使うべく吹奏楽部の有志が企画したのが、この卒業旅行だった。一泊二日、温泉付き施設でスキー合宿。晴香たちの代は三十五人という大所帯だったが、それでもほとんどのメンバーがこの旅行に参加した。

「へくちっ」

可愛《かわい》らしいくしゃみの音に顔を上げると、鼻先を手で覆った香織が顔を赤らめていた。「誰かに噂《うわさ》されてるんちゃう？」とあすかがからかっている。晴香はネックウォーマーをずり上げると、ストックの先端を施設のほうへと向けた。

「身体も冷えたし、そろそろ戻ろっか。先に温泉でも行く？」

「さっすが部長、ナイスアイディーア！」

ぐっとあすかが親指を突き立てる。「もう部長じゃないって」と笑う晴香の肩を、あすかの手が軽く叩《たた》いた。空気の入ったダウンジャケットが、ぽすんと間の抜けた音を立てた。

宿泊所に併設された温泉施設は、そこそこの賑わいを見せていた。早々に露天風呂に向かったあすかが、気持ちよさそうに目を閉じている。湯に髪がつかぬよう、晴香はヘアゴムで髪をひとつに束ねた。

遅れて露天風呂へとやってきた香織の肌から、うっすらと白い湯気がのぼる。彼女はわざわざあすかの隣からお湯に浸《つ》かると、濡れた黒髪を耳の後ろでなでつけた。ふう、と漏れる吐息が艶《なま》めかしい。

「雪、冷たいね」

「三人で温泉なんて、夏合宿以来ちゃう？」

晴香の言葉に、あすかは瞼《まぶた》を下ろしたままだった。香織が口元に手を添えて笑う。

「懐かしいね、合宿」

「もうやることもないんかと思うと、寂しいわ」

「そうかな？　サークルとかで合宿したりするんじゃない？」

「そういう意味じゃなくて。もう、このメンバーで集まらへんのやなって」

吹奏楽部で過ごした三年間は心地よい時間だけで構成されていたわけではなかった。つらいことや苦しいことも確かにあった……というより、そうした時間のほうが多かったかもしれない。でも、楽しいだけではつかめない何かが、そこには確かに存在した。

「晴香は大学でもサックス続けるの？」

香織が小首を傾げる。「うーん」と晴香は曖昧に言葉を濁した。

「うちの学校、オーケストラサークルしかないからなぁ」

「サークルがないならほかの大学のサークルに入るのもアリなんじゃない？」

「吹奏楽サークル？」

「うん。オーケストラサークルだとサックス吹けないでしょ？」

「そうなんだよねぇ」

オーケストラの場合、ヴァイオリン、ビオラ、チェロ、コントラバスなどの弦楽器奏者が大多数を占める。サックスやユーフォニアムはメンバーに含まれないため、大人数での演奏活動を続けようと思うのなら吹奏楽サークルを選ぶしかない。

「香織はどうするん？」

「私？　私は楽器をする暇がないかも。勉強忙しいし」

「看護師さんは国家試験があるもんなぁ」

四月から、香織は府内にある看護学校に進む。看護師になりたいと最初に聞いたとき、彼女にピッタリな仕事だと思った。優しさと意志の強さ、そのどちらをも香織の本質を示す言葉だ。

それまで沈黙していたあすかが、不意に目を開いた。長い腕を香織の肩に伸ばし、そのまま戯れのように引き寄せる。

「香織ってば白衣の天使になっちゃうのねん。親衛隊が見たら大騒ぎかもな。『香織先輩マジエンジェル！』って」

明らかに特定の後輩を意識した声真似《まね》だった。意外とよく似ている。「もう」と香織は恥ずかしそうに目を伏せた。

「吉川《よしかわ》さん、いまごろ部長頑張っとるんやろなぁ」

湯船に首まで浸かり、晴香は瞳だけをあすかに向ける。去年一年、何かとトラブルメーカーだった吉川優子《ゆうこ》を部長に指名したのはあすかだった。ほかの役職については話題にすらしなかったというのに、部長と副部長だけは頑としてそれ以外の采配を認めなかった。

吉川優子と中川夏紀《なかがわなつき》。二人の相性がいいことは晴香も理解していたが、彼女たちを部のトップに置くことには反対した。それは好きだとか嫌いだとかいう感情からではなく、単純に不安だったからだ。部長にするには、優子はいささか視野が狭い。自分の信じる正義をまっすぐに貫きすぎるのだ。

「元部長的に、現部長は頼りない？」

あすかが揶揄《やゆ》するように問う。透明な湯を指先でかき混ぜると、か細い湯気が空気を舞った。

「そりゃうちよりはしっかりしてると思うけど、単純に心配になっちゃうの。吉川さん、頑張りすぎてポッキリ折れそうというか」

「そのために我が低音パートの夏紀がいるんやん。夏紀は緩衝剤としては優秀やからね。演奏面は難ありやけど」

　後輩にそんなこと言っちゃダメ、と香織が優しくたしなめる。あすかは唇をとがらせた。

「だって事実やし。ユーフォにはもう久美子《くみこ》がおるし、夏紀が一年であの子の演奏技術を上回る可能性はほとんどない」

「それはそうかもしれへんけど……」

　晴香が思わず口ごもる。ここまで明瞭に言いきられると、うだつの上がらなかった過去の自分の姿と重なって、ついついかばいたくなる。

　こちらの内心などお見通しなのか、あすかはクツリと喉を鳴らした。

「でも、ええの。夏紀はそれでいい。あの子にはあの子にしかできんことがあるから」

「できないことって？」

「吉川優子の操縦」

　ぴちゃん、と落ちる水滴が湯を打った。震える水面に、心配そうに眉を曇らす香織の横顔が映り込んでいる。頭にのぼる熱を逃すように、晴香は段差に腰かけた。熱を持つ背中に、冷えた外気がチクリと刺さった。

「あすかはどうして優子ちゃんを部長に指名したの？」

香織が疑問を口にする。あすかは額にタオルをのせると、「んー」と天を仰いだ。

「だってさぁ、あの子は部長以外やれないでしょ」

「どういう意味？」

「そのままの意味。よくも悪くもカリスマ性がありすぎんねんなぁ、あの子。トップ以外の場所に立つと、支持を集めすぎてトップが機能しいひんくなる。ひと言でまとめると、部活クラッシャーってこと。本人は無自覚やろうけど」

「優子ちゃんは優しい子だと思う」

そう言って、香織は目を伏せた。「べつに悪口のつもりとちゃうけど」とあすかが乾いた笑みを浮かべる。

「あすかだってカリスマ性あるやん」

思わず口を衝《つ》いて出たのは、晴香の純粋な本音だった。だが、あすかの耳には皮肉めいて届いたのかもしれない。伸ばされた指先が、晴香の額を優しく小突いた。

「それは晴香の贔屓目《ひいきめ》ってやつ」

立ち上がるあすかの背を、晴香は目だけで追った。「あがるの？」という香織の問いに、あすかは「別のお風呂に行くだけ」とひらひらと手を振った。

「香織も移動する？」

湯船に肩を沈めたまま、晴香は尋ねた。香織は少し考えるように口元を押さえていたが、やがて小さく首を横に振った。

「もうちょっと入る」

「そう」

「うん」

香織があすかのあとを追わないなんて珍しい。内心で動揺していると、香織は含んだような笑みをこぼした。

「私だって、いつもあすかと一緒にいるわけじゃないって」

「そういうつもりじゃないけど」

「でも、そういう顔してた」

そうだろうか。晴香はとっさに両手で頬を挟む。あすかと香織の関係を、晴香はいまだにうまくつかめていない。友達と呼ぶには距離が近すぎるし、かといって親友と呼ぶのも違和感がある。卒業して別々の学校に進学したら、二人はいったいどうなるのだろう。

「葵《あおい》も来れたらよかったのにね」

「え、」

考え事をしていたせいで、反応がワンテンポ遅れてしまった。香織は水面を眺めたまま、ぼんやりと言葉を紡いでいる。

「ほら、葵も私たちの代の吹奏楽部員だし。忙しいって断られたけど、一緒にこうやって旅行できたらよかったのになぁって」

「確かに。あの子、全国の演奏も聞きに来てくれたみたいやし」

「私、葵のこと好きだったから。部活辞めたの、やっぱりちょっと寂しかった。みんなでひとつのことをやるのって難しいんだなぁって」

「でも、葵は志望校受かったみたいやし。結果的にはこれでよかったんとちゃう？」

「多分、そうなんだろうね。全部全部、これでよかったんだと思う。葵も、あすかも」

香織が立ち上がる。浴槽にかかるその手首を、晴香は反射的につかんでいた。香織が驚きに目を見開く。

「どうしたの？」

「あ、いや……とくに意味はないんやけど」

ただ、香織に何か上手《うま》い言葉をかけてやりたかった。「頑張ったね」とか「お疲れ様」とか、そういう何か優しい言葉を。だけど、いまこの状況で労《いたわ》りの言葉をかけるのも不自然な気がして、結局晴香は頬をかくだけにとどめた。何をしたいのか、自分でもよくわからなかった。

「晴香は相変わらずだね」

微笑する香織が、晴香の腕をつかみ返す。長い睫毛《まつげ》を静かに震わせ、彼女は屋内を指差した。

「あすかのとこ、行こう。一緒に」

「……うん」

腰を浮かすと、ざばりと湯が飛沫《しぶき》を上げた。吹きつける風が、湯に火照《ほて》った身体に心地よかった。

脱衣所にすでにあすかの姿はなく、晴香と香織は他愛のない話をしながら通路を進んだ。温泉スペースからすぐの場所は娯楽スペースとなっており、時代を感じさせる筐体《きょうたい》が設置されたゲームコーナーや、ソフトクリームののぼり旗を掲げるフードコート、こぢんまりとした土産《みやげ》売り場が隣り合うようにして並んでいた。

「お二人さん、もうあがったん？」

声に辺りを見渡すと、マッサージチェアに座ったあすかがこちらにひらひらと手を振っていた。空になった牛乳瓶が、もう片方の手にぶら下がっている。

「何やってるん？」

呆れを隠さず問う晴香に、あすかはへらりと笑った。

「いやぁ、時間余ったからマッサージしてた」

「それは見たらわかるけど」

「晴香もやる？　このマッサージ機、めっちゃ腰に効きますわぁ」

振動のせいか、あすかの声は扇風機を通したみたいに震えている。「気持ちよさそう」と香織はのんびりと目を細めた。腰に手を当て、晴香はため息をつく。

「それ、どれぐらいやってるん？」

「んー、ちょっと前ぐらい。そろそろ十分たつから終わるかな」

あすかの言葉が終わるか終わらないかのタイミングで、マッサージ機がピーと終わりを告げる音を鳴らした。あすかはぱちりと目を瞬かせると、優雅な仕草でマッサージチェアから立ち上がる。「どっこいしょ」というかけ声が、その洗練された動きを台無しにしていたが。

「雪遊びして温泉入ってさ、今日は最高の一日やね」

無防備にさらされたあすかの首筋が、クツリと愉快げな音を鳴らした。赤い眼鏡《めがね》のフレーム越しにのぞくその瞳を、晴香は不意にのぞき込みたい衝動に駆られた。屈託のない笑顔は、まるで子供みたいだ。

「お土産、買う？」

尋ねたのに意味はなかった。ただ、田中あすかという人間にこの瞬間を刻みつけてやりたいと思った。

自分とあすかの友情は、これから先、いま以上の密度を持つことはないだろう。自分は、香織とは違う。信奉者のごとくあすかに心酔することも、自己を捧《ささ》げることもできない。数年単位で集まって、ちょっと近況報告をする程度の仲。多分、それぐらいがちょうどいい。知人より少しグレードの高い友人関係は、いつか懐かしさとわずらわしさに書き換えられていくのだろう。

でも、いまだけ。いまだけはまだ、自分たちは友達だった。ここにいるのは北宇治高校吹奏楽部の部長であり、副部長であり、パートリーダーだった。卒業後は価値を失う肩書を、忘れないでいたかった。いまを共有している証《あかし》を、晴香は欲した。

「せっかくやしさ」

晴香が言葉を重ねると、あすかはにやりと唇をめくり上げるようにして笑った。牛乳瓶を返却ボックスに押し込み、「よーし」と彼女は自信満々に前を指差す。

「じゃ、さっさと買いに行きますか。土産の定番って言ったらやっぱアレ？　木刀？」

「ふふ、そんなの買ってどうやって持って帰るの？」

香織が肩を揺らす。あすかはケロリとした表情で応じた。

「背負うか」

「かさばるやろなぁ。っていうか、木刀なんて置いてへんやろ」

「えー、晴香ったらそんなロマンないこと言うて。木刀と土産はセットでしょ」

「それはあすかの頭のなかだけでしょ」

「そんなことないもーん。木刀買ったら、部屋で侍ごっこせんとね」

背中に木刀を着けたあすかの姿を想像し、晴香はぎゅっと顔をしかめた。意外に様《さま》になりそうなところが恐ろしい。

「おお！　木彫りの鶏《にわとり》がおるやん！」

土産屋スペースに移動するなり、あすかは奥にある謎の木彫り像コーナーにすっ飛んでいった。幸か不幸か、この店に木刀は置いていないようだ。香織はマイペースにキャラクターもののぬいぐるみやキーホルダーを物色している。「ご当地限定」をやたらと強調したインスタントラーメンの箱を手にしながら、晴香はさりげなく香織の隣に並んだ。

「香織、何買うん？」

「うーん、これなんかどうかなって」

香織が見せてきたのは、手のひらサイズの猫のぬいぐるみだった。フェルト生地で作られており、それぞれが楽器を手にしている。左の猫はサックス、真ん中の猫はトランペット、右の猫はチューバだ。

「ユーフォはないんやね」

晴香の指摘に、香織は少しバツが悪そうに小さく舌を出した。

「どうしてもね、これしかなくて」

「でも、可愛いと思う。いいんちゃう？　これ」

「晴香はラーメン買うの？」

「うん、家族用。香織はほかに買うもんないん？」

「私はこれも買おうかな。ひまわりの種のクッキー」

香織が手に取った箱の包装には、確かに可愛らしいイラストでひまわりの絵が描かれていた。

「なんでひまわり？」

スキー合宿の土産にしては、ずいぶんと季節感がおかしい気がする。首を傾げた晴香に、香織が説明する。

「この施設ね、いまはスキー場がメインでしょ？　でも、夏場は高原を開放してるみたいなの。それで、その高原の目玉がひまわり畑なんやって。十五万本ぐらい植えてるみたい」

「十五万本はすごいわ。綺麗《きれい》なんやろうね」

「ほとんどがサンリッチオレンジっていう品種やねんて。さっき絵葉書の裏に書いてあったよ」

「絵葉書?」

「こっち。専用のコーナーがあるの」

香織に手を引かれ、レジ横へと移動する。白の回転ラックには、この地の四季折々の風景を映した絵葉書が値札とともに吊《つ》るされていた。その一枚を取り、「これ」と香織は晴香に差し出した。

濁りのないスカイブルーを背景に、黄色の花びらをまとったひまわりが咲き乱れている。すうっと伸びる茎は太く、そこから首をもたげるようにして褐色の管状花がまっすぐに空を仰いでいる。清々《すがすが》しい夏の一瞬を切り取った絵だ。

「ふーん」

不意に耳元に生ぬるい風が吹き、晴香は「うわっ」と横に飛びのいた。見ると、構ってほしそうなオーラを放ちながら、あすかが香織の肩に顎をのせていた。慣れっこなのか、香織はとくに動揺した様子もなくあすかにほかの絵葉書をかざした。

「あすか、なんか買うことにしたの?」

「あんまりピンと来るもんなかったからやめた。木刀もなかったし」

「ほかに欲しいものは?」

「なんもないかなぁ。うちはやっぱ土産いらんわ。買いたい人もおらんし」

唇をとがらせるあすかに、香織が慈愛に満ちた微笑を浮かべている。晴香はラーメンを腕に抱え直すと、手にしていた絵葉書をあすかへと押しつけた。

「自分に買えば？」

「この絵葉書を？」

「せっかくの記念やしさ。冷蔵庫にでも貼っておけばいいやん」

無理やり手に握らせると、あすかはしげしげと絵葉書を見つめた。裏返し、あすかはふと口元を綻ばせる。

「……サンリッチオレンジねぇ。ザ・ひまわりって見た目してるわ」

「あすか、この花の花言葉知ってる？」

香織の問いかけに、あすかは彼女の肩から顎を離すと、これ見よがしにひらひらと絵葉書を揺らした。

「いくらうちが天才でもそんな細かいことまでは知らんなぁ」

「うちも知らんけど、香織は知ってるん？」

晴香の言葉に、香織は「ふふ」と満足そうな笑いを漏らした。ピンと立てた人差し指を口元に当て、彼女は吐息を絡めた声音で言う。

「内緒」

何それー、とあすかが大げさに頬を膨らませる。その手のなかにある絵葉書は、店内の光を反射して未来色に輝いていた。

八　郷愁の夢

「聡美《さとみ》ちゃん」

柔らかな声音が聡美の名を紡ぐ。どんな楽器よりも、彼女の声は美しかった。木漏れ日を見上げたときみたいに、透き通ってキラキラしている。その澄みきった響きに浸っていたくて、聡美はわざと眠っているふりをした。組んだ腕のなかに突っ伏した額を、さらに奥へとうずめる。

「聡美ちゃん、寝てる？」

ひそやかな笑い声が、頭上からこぼれ落ちてくる。その向こう側で、誰かのしゃべり声が聞こえていた。キャンパス内に設置されているカフェには、講義や練習の合間にできた空き時間を潰そうと学生たちが集まっている。かくいう聡美も、そのうちの一人だ。広げられた楽譜の上で寝入っている聡美を、周囲の学生たちが気に留めることはない。この学校ではとくに珍しい光景ではないからだ。

「こんな姿勢で寝てたら身体が痛くなっちゃうよ。起きて」

彼女の指が、聡美の肩を優しく揺すった。ここまでされてはさすがに寝たふりを続けるのは不自然だ。さもいま起きたばかりですという体《てい》を装い、聡美はむくりと顔を上げた。

「千尋《ちひろ》先輩」

「やっと起きた」

口元に手を添え、千尋が微笑《ほほえ》む。今日の彼女はいつにも増して可愛《かわい》らしかった。普段は下ろしている髪をハーフアップにし、花の形を模したバレッタで留めている。春らしい色合いのライムグリーンのワンピースは上品なデザインで、優しげな彼女の風貌とよくマッチしていた。

「どうしたんです？　今日は一段とおしゃれですね」

目元をこすりながら言うと、千尋ははにかむように頬を緩めた。「どうぞ」と聡美が隣の椅子を引くと、千尋は感謝の言葉とともにそこへ腰かけた。

「今日の夜ね、楽団の子たちでご飯食べに行くでしょ？　だから」

「ご飯？」

「聡美ちゃんも行くって連絡来てたけど、違った？」

散乱した楽譜を一枚ずつ拾い上げながら、聡美はまどろみに引きずられていた脳を動かし始めた。楽団というのは当然、聡美たちが所属しているオーケストラサークルのことだろう。この音大に入学して以降、聡美は先輩である千尋にいろいろと面倒を見てもらっていた。聡美は入学時から彼女を尊敬しており、実の姉のように慕っていた。

「ハッ、思い出しました。そういえば、美味《おい》しいパエリアの店に行こうってセクションリーダーが」

誘いを受けたのは確か、一週間ほど前のことだった。どうせならほかのやつらも誘おうと張りきる彼に、聡美はおざなりな返答をしたのを覚えている。

「それって今日だったんですね。完全に忘れてました。千尋先輩が来るってわかってたら、もうちょっとおめかししてきたのに」

聡美の今日の格好は、Tシャツにジーンズ、スニーカーといかにもラフな仕上がりだった。もともと、聡美は自身の身なりに頓着しない性格だ。周囲の友人からは『ちゃんとすりゃマシなのにな』だとか『可愛くすればいいのに』なんて台詞《せりふ》を言われることもあるが、そのどれもが聡美にとっては余計なお世話だ。綺麗《きれい》に見せたいと思うような相手だったら聡美だって気合いを入れるし、それ以外の人間にはどう思われようと気にならない。

「聡美ちゃんはもともと美人だから、特別な格好をしなくても可愛いと思うよ」

「そ、そんな、美人だなんて全然」

「照れてる。可愛い」

千尋が喉の奥で笑っている。恥ずかしさやらうれしさやらで、聡美はとっさに自身の両頬を挟み込んだ。手のひら越しに、燃えるような熱さを感じる。

「千尋先輩は、今日の飲み会に滝《たき》先輩がいるから可愛い格好してたんですね」

仕返しとばかりに言えば、千尋は慌てたように両手を振った。

「滝君がいるなら、やっぱり、ちょっとでも可愛いって思われたいし」

「滝先輩って、千尋先輩のこと褒めたりしないんですか？　可愛いね、とか」

「そういうことを積極的に言うタイプじゃないから。私も滝君のことカッコいいなって思ってるけど、本人に言えないし」

「確かに、お二人が褒め合ってる姿は想像できないです」

千尋と滝が付き合い始めたのは、いまから一年ほど前だ。本心を告白すると、聡美はいまだに二人の交際を心から祝福できていない。

入学時から、滝は美青年だと評判だったらしい。聡美の好きなタイプとはかけ離れているが、造形の美しさから彼が女性の熱視線を集めてしまう理由はわかる。だが、いかんせん理屈っぽすぎるのだ。無愛想だし、言葉の端々が刺々《とげとげ》しい。千尋にはもっとふさわしい人がいるのでは、と聡美が考えてしまうのも致し方ないことだろう。それを愚痴ると、先輩である橋本《はしもと》には「千尋ちゃんと付き合ってめっちゃ改善されたんやけどな。これからの滝クンの成長に乞うご期待！」などと笑い飛ばされてしまうのだが。

「聡美ちゃんこそ、例の子とはどうなったの？　もう付き合った？」

「付き合ってませんって」

聡美は語気を強めた。腹筋に力を込め、太く息を吸い込む。

こちらの反応が予想どおりだったのか、千尋は満足した様子で眼差《まなざ》しを和らげた。

「でも、ずっと好きだって言ってくれてるんでしょう？　すっごく一途《いちず》じゃない？」

「一途なのはそうですけど」

「私はその人に会ったことはないけど、話を聞く限りいい子だなあって思うよ？」

「まあ、いいやつってのは間違いないです。人格者だし、普通に尊敬できるし……」

「じゃあ付き合ってみればいいのに。その子なら、聡美ちゃんが弱ったときにもちゃんと支えてくれるんじゃないかって思うんだけど」

「恋人とか、いまは興味ないですし。それに、私は弱らないから大丈夫です」

唇をとがらせた聡美に、千尋は華奢《きゃしゃ》な肩を微《かす》かに丸めた。彼女の話に先ほどから登場している例の子とは、聡美の高校時代の同級生だ。違う進路を選んだというのに、なんの因果かバイト先が同じになり、それからずっと聡美にアプローチしてくるようになったのだ。

「その子は別の大学なんだっけ？」

「そうです。理工学部で」

「勉強頑張ってる人って素敵じゃない？」

「もう、先輩はそうやってすぐ私をアイツとくっつけようとする」

「ふふ、ごめんごめん」

多分、千尋は自分をからかっているのだ。赤くなった顔をごまかすように、聡美は強く咳払《せきばら》いした。

「だいたいですけどね、恋愛ってこう、激しい感情じゃないですか。好きだ！　とか、愛してる！　とか」

でも、聡美は彼に対してそんな感情を抱いたことは一度もない。むしろ、目の前の千尋に対してのほうが、濃縮した愛情のようなものを感じている。強い憧れとでも呼ぶべきだろうが。聡美は千尋の力になれるならなんだってしたいと思うし、自分の身だって惜しくない。

「そんなに興奮しないで。ほら、これでも食べて」

千尋はそう言って、鞄《かばん》のなかからチョコレートの粒を取り出した。銀色の包み紙を剥がし、聡美は口のなかにそれを放り込む。ピンク色のそれは、いやに甘酸っぱかった。

「私はね、好きって気持ちにはいろんなあり方があると思うな。家族みたいな好きとか、友達みたいな好きとか。それがどんな形でも、一緒にいたいって思えるのって素敵だなって思うんだけど」

「そりゃ私も、千尋さんみたいな恋人がいたら四六時中一緒にいたいって考えると思いますけど。あーあ、滝先輩はズルいですよね。いいなあ、こんな彼女がいて」

「私じゃなくて滝君がうらやましいの？」

「うらやましいですよ。滝先輩め！　って何回も思ったことありますもん。私のほうが千尋先輩を好きなのに！　って」

「そんなふうに言われると照れちゃうね」

鼻先で両手を合わせ、千尋は恥ずかしそうに目を伏せた。この可愛い先輩は、直接的な褒め言葉に弱いのだ。

聡美は楽譜を束ねると、端と端を整えようと机に軽く叩《たた》きつけた。書き込みの残るそれをファイルに押し込み、紙コップに入った冷水をひと口飲む。

「でも、千尋先輩は滝先輩のことが好きなんですよねぇ。こう言ったらなんですけど、どこがいいんです？　顔？」

「滝君のことは……その、全部が好き、かな。頭のいい人だし、優しいし。それに、ほっとけないんだよね。一人だと、弱音を吐けない人だから」

そう語る千尋の声があまりにも優しいものだから、聡美は自然と閉口した。紅潮した頬やきらめく瞳が、千尋の魅力を引き上げている。恋をしている千尋は綺麗だ。滝のことが好きなのだと、その小さな体が全身で訴えている。

流れる前髪を指で払い、千尋は静かに聡美を見据えた。

「たまに考えるの。何かビックリするような出来事が起きて私がいなくなったら、滝君は大丈夫なのかなって。滝君って、外から見たら完璧そうに見えるけど、それって強がりが上手《じょうず》なだけだから」

「……先輩、」

「でも、何かあっても滝君には橋本君や聡美ちゃんがいるから大丈夫だね」

口角を上げ、千尋が白い歯を見せる。喜びからではない笑みには、苦々しさがにじんでいた。その台詞はきっと、彼女の心の隙間から出てきたものに違いない。とくに思い当たることのない、ただ不意に湧き上がってしまう漠然とした未来への不安。心の深いところに突き刺さったそれが、気が緩んだ隙にこぼれ落ちてしまったのだろう。もしも千尋に何かあったら、と聡美の脳裏を嫌な想像が一瞬掠《かす》めた。それを無理やりにねじ伏せて、聡美は明るい表情を繕う。大丈夫ですよ、と彼女の心に訴えるように。

「何かなんて起こらないですよ。私らまだまだ若いのに、先輩は心配性すぎますって」

「本当、そうだよね。自分でも嫌になっちゃう」

「だいたい、そういうことの心配をしなきゃいけないのは滝先輩のほうだと思いますけどね。滝先輩って、集中しだすとちゃんとご飯食べないじゃないですか。この前も橋本先輩に怒られてましたよ、『飯食えー』って」

「あの二人って、いっつもあんな感じだね。その後、滝君はどうしてたの？」

「全力疾走で逃げてました。私、滝先輩があんな必死な顔してるの初めて見たかも」

「多分、無理やりご飯食べさせられると思ったんだろうね。橋本君が心配してくれてるんだから、素直に好意を受け取ればいいのに」

「まあ、橋本先輩ってご飯の量すごいですからね。滝先輩の気持ちもわからなくもないですけど」

肩をすくめた聡美に、千尋はくすくすと愉快そうに笑った。そこには、先ほどの不穏な影は微塵《みじん》も存在していない。穏やかな彼女の横顔に、聡美はぎゅっと心臓が締めつけられたような感じがした。

――千尋先輩が、永遠に幸せでありますように。

荒唐無稽な聡美の願いを、神様が聞き入れてくれるかはわからない。ただ、この心優しい先輩が幸福でいてくれることだけが、いまの聡美の持つ唯一の願いだった。

九　ツインテール推進計画

それは、何げない葉月《はづき》のひと言がきっかけだった。

「さっちゃんって、いつもその髪型やんな」

休日練習の昼休み。多くの部員たちは仲のいい友達と一緒に思い思いの時間を過ごしている。低音パートの練習教室にいるのはほぼいつもどおりの面々で、美玲《みれい》はさつきや奏《かなで》、梨々花《りりか》とともに昼食を食べているところだった。

「ああ、これですか？」

唐突に話題を振られ、さつきは自身の頭を指差した。耳の上で結ばれたツインテールは、くるんと先端が丸まっている。高校生にしては子供っぽい印象を受ける髪型だが、童顔のさつきにはよく似合っていた。

「私、癖毛なのでくくってないとぴょーんってなるんです。毎日やってるんで、見なくとも結べるようになりました」

「おお、それはすごい」

「葉月先輩も、私とおそろいとかどうっすか？」

両手で毛先をつかみ、さつきが葉月に問いかける。「うちには無理やろ」と葉月が苦笑交じりに言った。確かに、葉月の髪は短く、束ねられるほどの長さがあるようには思えない。

「そんなことないですよ。私、葉月先輩のツインテール見てみたいですぅ」

会話に便乗してきたのは梨々花だ。隣に座る奏が肩を震わせているところを見るに、おもしろがっているのかもしれない。しぶる葉月に、さつきがポンと手を打ち鳴らした。

「あ！　わかりました。じゃあ、みんなでツインテールにしましょう！」

「は？」

いったいなぜそうなったのか。思わずうなった美玲をよそに、奏と梨々花は意外に乗り気だ。

「じゃ、私が一番乗りで！　その次が奏ね。さつきちゃん、お願いしていい？」

「承知いたしました！」

普段の不器用っぷりはどこへいったのか、さつきは手際よく髪を結んでいく。さつきのツインテールは、基本的に耳の上の位置で髪を束ねる。もともと髪の量がある梨々花はボリュームのある髪型になり、ボブヘアだった奏は可愛《かわい》らしさを押し出したような仕上がりとなった。この二人は可愛い系統の顔立ちだから、とくに違和感は覚えない。

「じゃ、次はみっちゃんね」

「私はそういうのいい」

「えー、そんなこと言わんとさぁ」

「じゃ、ここにいる人全員がツインテにしたら考える」

「なんですと！」

　さつきが目を丸くした。すでにツインテールとなっている梨々花と奏は、「久美子《くみこ》先輩もどうです？」「緑《みどり》先輩も葉月先輩もやりましょ！」と強引に先輩たちまで巻き込み始めていた。

「私は見ておくだけでいいよ」

　手を振って逃げようとした久美子に、傍らで弁当を食べていた麗奈《れいな》がニヤリと口元をゆがめる。

「ええやん。アタシ、久美子もそういう髪型似合うと思う」

「麗奈先輩もやるんですよ！」

「えっ」

　恐るべし、梨々花。彼女はなんやかんやで先輩たちを言いくるめ、ツインテールにすることを了承させた。さつきが手早く動き、それぞれの髪をセットしていく。

「緑はほんまこういうの似合うなぁ」

「えへへ。葉月ちゃんは触覚って感じやね」

「髪の毛短いもんね。麗奈のツインテールはなんか違和感ある」

「アタシも昔はこういう髪型してたけどね。久美子は意外に似合ってる」

「うちもそれ思った。明日からこれで学校来ぃな」

わいわいと談笑する二年生組は、誰もが満更でもない顔をしていた。葉月に至っては髪の長さが足りないために、一部分だけのツインテールとなっているが。

「次は梨子《りこ》先輩ですね」

「ええっ、うち？」

卓也《たくや》とお弁当を食べていた梨子が、驚きの声を上げた。スイッチが入ってしまっているのか、さつきは鼻息を荒くしている。

「絶対先輩も似合うっす」

「そうかなぁ」

「任せてください」

自信満々に断言し、さつきは素早く梨子の髪を結い直した。おっとりとした容貌をした梨子に快活なツインテールは似合わないのではないかと思ったが、意外なことにそれほどの違和感はない。

「うわ、なんやこの狂った空間」

教室の扉が開き、そこから夏紀《なつき》が顔を出した。硬直した夏紀に成果を自慢すべく、さつきは梨子のほうへ手を向けた。

「どうです？　梨子先輩ツインテールバージョンです」

「こういうのはうちじゃなくて彼氏に聞くべきやろ。どうよ、後藤《ごとう》」

話を振られ、教室中の視線が卓也へと集まった。彼は気まずそうに視線を右往左往させていたが、やがて照れくさそうに目を逸《そ》らした。

「……梨子は、なんでも可愛いから」

キャーと興奮したように緑輝《さふぁいあ》が叫んだ。梨子は顔を真っ赤にさせ、「ありがとう」と小さく礼を言った。室内がなんとも甘酸っぱい空気で満たされる。それを打ち破るように、夏紀がハンッと鼻を鳴らした。

「なんやこいつら。いちゃついてんちゃうぞ、シャーッ」

「ああっ、夏紀先輩が荒ぶってる！」

「鎮まりたまえー、鎮まりたまえー」

悪乗りするさつきと葉月の頭を軽くチョップし、夏紀は机に置かれたファイルを手に取った。どうやら会議に使用する資料を忘れていたようだ。

「夏紀先輩はツインテールにしないんですか？」

「悪いけど、いまは時間ないから。また今度ね」

夏紀はファイルを一度肩の上に掲げると、そのまま慌ただしく教室を出ていった。副部長である彼女が多忙なのは間違いなく事実だ。くだらない戯れに少しでも付き合ってくれたことに感謝するべきだろう。

「じゃ、残りはみっちゃんやね」

「え？」

ふと気がつけば、確かにここにいる女子部員は全員すでに髪をくくり終えている。逃げ場がなくなって、美玲は無意識に頬を引きつらせた。

「私はその……髪の毛短いから」

「大丈夫大丈夫。葉月先輩でもいけたから」

さつきはそう言って、美玲の髪にくしを通した。さつきの指先が耳の後ろに触れて、首筋の毛がぞわりと逆立つ。人に触られるのは苦手だ。

「みっちゃんはずっとこの髪型やね」

「まあ、手入れが楽やから」

「うちも、みっちゃんにはショートカットが似合うと思う」

それならツインテールはやめてくれと思ったが、さつきは手を止める気はさらさらないようだった。ヘアゴムで髪を縛られ、側頭葉辺りに微《かす》かな重さを感じる。

「みっちゃんには特別ね」

そう言って、さつきは胸元からクローバーの飾りがついたピンを取り出した。多分、いまの自分の姿は相当に滑稽なものになっていると思う。

「美玲、すっごいことになってるね」

こちらの顔をのぞき込み、奏が笑った。その横で梨々花が「可愛いー」と本音だか冗談だかつかみきれない言葉を発している。すぐさまヘアゴムを取り外そうとした美玲だが、手を頭に伸ばした瞬間に、悲しそうに眉尻を下げるさつきと目が合った。

「……取っちゃうん？」

いかにもしょぼくれた声だ。雨の日に捨てられた子犬みたいな、相手の同情心をくすぐる声。逡巡《しゅんじゅん》し、美玲はやがて手を下ろした。もう少しだけ彼女の遊びに付き合ってやってもいいかと思った。さつきの表情が、ぱっと明るくなる。

「みっちゃんはやっぱり優しいね」

席に着きながら、彼女は嬉々《きき》として言った。どっちが優しいんだか、と美玲は黙って目を伏せた。

十　真昼のイルミネーション

定番のクリスマスソングが流れて、街は一段と華やかになる。希美《のぞみ》は行きつけのケーキ屋さんに入ると、予約していた品を受け取った。品のいいデザインの箱に収まった、純白のショートケーキ。ふんだんに盛りつけられた赤い苺《いちご》は母親が好きな果物で、少し硬めのスポンジは父親の、甘さ控えめの生クリームは希美自身の好物だ。希美の幼いころから毎年同じ店で、同じケーキを注文する。カレーライス、チキン、ケーキというのが傘木《かさき》家恒例のクリスマスディナーだ。

まだ昼過ぎだというのに、四条《しじょう》は人であふれ返っていた。着飾った学生の群れを横目に、希美はのんびりと駅へ向かう。

クリスマスの明るい雰囲気は好きだ。高くそびえるツリーも、きらびやかな装飾も、サンタの帽子をかぶった店員も、世間が浮足立つさまは希美の心を軽くする。

「あ、希美やん」

声をかけられ、希美は反射的に足を止めた。振り返ると、私服姿の夏紀《なつき》がこちらに手を振っていた。薄いグレーのコートに、落ち着いた色をした紫のマフラーを巻いている。

「おお、夏紀にこんなとこで会うなんてビックリ。何してんの？　買い物？」

「買い物っていうか、さっきまで映画見てた」

「一人で？」

「そうそう、一人で。希美こそ何してんの？」

「ケーキ受け取りに来たの。クリスマスイヴやから、今日の夜は家族でお祝い」

「ん？　普通はクリスマスにお祝いするもんとちゃうの？」

「え？　クリスマスはサンタさんからプレゼントをもらう日でしょ？　お祝い自体は二十四日」

「我が家の伝統とは違うな。うちんとこは、ケーキ食べるの明日やで」

「ま、昔から言うやんか。よそはよそ、うちはうちって」

「それもそうか」

大してこだわりもなかったのだろう、夏紀はあっさりとうなずいた。腕時計を一瞥《いちべつ》し、彼女は希美に問いかける。

「希美はいまから時間ある？　ちょっとお茶でもせん？」

「ええけど、何食べるん」

「決めてへんけど、歩いてたらいい感じの店見つかるやろ」

横断歩道の先を目指し、夏紀が歩き始める。希美はその隣に並ぶと、ぼんやりと周囲を眺めた。デパート前の植え込みは、真四角に切りそろえられている。ぐるりと巻きつけられたコードが醜い。光の灯《とも》らない電飾が、緑色の木々を締めつけている。

「昼間の電飾って、なんか変な感じせん？」

心のなかを言い当てられて、希美は一瞬ぎょっとした。夏紀が同じ方向を見ている。

「夜は光っててピカピカしてるけどさぁ、昼間はやたらめったらコードが巻きつけてあるとこしか見えへんやん。こう、着ぐるみの中身を見たときみたいな気持ちになる」

「着ぐるみの中身、見たことあるん？」

「物のたとえやん」

カラカラと夏紀が笑う。希美は紙袋の持ち手を強く握った。

「うちはイルミネーション、好きやけどね」

「でもさ、なんかイラッとせん？　昼間は存在すら気づかんようなやつらがさ、夜になってピカピカ光ってるところ見て、『きゃあ素敵』とか言うてるわけやん。いやいや、相手に光ってもらわんと価値がわからんようなやつが何言うとんねんって感じちゃう？」

「ひねくれすぎでしょ」

「でも、ほんまにそう思うねんもん。うちはさ、光っとらんくてもええなって気づける人間って、めっちゃすごいなあって思うわけよ。優子《ゆうこ》とか、そういうの得意やわ」

「……夏紀って優子のことほんま好きよな」

「なんでそうなんねん」

「いや、誰がどう聞いてもそうなるでしょ」

夏紀と優子は自他ともに認める犬猿の仲だ。互いにアイツとはそりが合わないと断言しているが、その実、どちらとも互いのことを認めている。もっと素直になって仲良くすればいいのに、と思わないでもないが、喧嘩腰《けんかごし》の会話こそが彼女たちの親愛の証《あかし》なのだろう。

部長として振る舞う優子の姿を思い出し、希美はふと口元を緩めた。引退するその瞬間まで、彼女は理想的な部長だった。優しくて、少し怖くて、まっすぐで。憧れるなんて言葉で形容するには自分と優子の距離は近すぎたし、うらやましいと認めるには自分の心は柔らかすぎた。他人の悪口を言うほうが、自分自身と向き合うよりもずっと楽だ。苦しいことと向き合うには未来はあまりに長いから、理不尽さを誰かにぶつけて解決したと思い込みたくなる。でも、自分がそんな人間になるのは嫌だ。希美は、自分のなかにある醜い部分から目を逸《そ》らさない人でありたい。

「お、奏《かなで》が前に言っとったカフェあるやん。ここにしよ」

ガラス張りの店内をのぞき込み、夏紀がその場で足を止めた。板張りの床に、燃え盛る薪《まき》ストーブ。吹きつける風の冷たさに震え上がっていた身としては、温かさに満ちた店内の様子は大変魅力的だった。

「デザートあんの？」

「そりゃあるやろ。ほら、ガレットって」

「あー、ええなぁ。お腹すいてきた」

夏紀が扉を開け、希美もそのあとに続く。一歩室内に足を踏み入れた途端、熱を含んだ空気を心地よく感じる。案内されたテーブルのソファには、主張の強いデザインのクッションが置かれていた。

おしぼりで手を拭い、二人でひとつのメニュー表に目を通す。長ったらしい料理名の横にはひとつずつ写真が載っていて、空腹の胃がぐるりと動いた。

「あー、うちこれにしよ。クルミとバニラアイスの」

「マジ？　うち、ベーコンと卵のやつにめっちゃ心惹《ひ》かれてるんやけど」

「ええんちゃう？　好きなもん頼んだら」

希美の言葉にあと押しされたのか、「んじゃコレにするわ」と夏紀はメニュー表から手を離した。店員を呼び出し、二人分の注文を頼む。本当は単品ではなく紅茶もつけたかったが、お小遣いがピンチだったので我慢した。

「でもさ、今日は夏紀がいてよかったわ。せっかく冬休み入ったけど、周りは受験まだ終わってへんし、遊ぼうとか言えんわ」

「うちに言うてくれたら全然付き合うで」

「ほんま？」

「ほんまほんま。部活なくなったら暇でしゃあない」

くあっと夏紀が大きく口を開けて欠伸《あくび》をする。潔く、手で隠そうともしていない。

「柄にもないってわかってるけどさ、なんか、心にぽっかり穴があいたって感じ？　毎日練習ばっかやったから、いきなり自由にせぇって言われても困る」

「おまけに、うちらはもう受験も終わってるしな」

「それそれ。余った時間の使い道がない。大学生になったらさ、バイトやらサークルやらで時間なくなるんやろうけど」

「勉強もね」

「あー、勉強ー。大学の勉強って何するんかなー。うち、正直自分が大学行くべきなんかもわからん。なんとなく進路決めてるって感じする。みんなそうするから、みたいな」

頬杖《ほおづえ》をついた夏紀の上半身が、型から外したプリンみたいに斜めに崩れた。そのまま机に顎をのせる夏紀のつむじが、見下ろさなくとも視界に入る。

「これやりたい！　って決めて大学入る子はレアやと思うけどね。むしろ、それを探しに大学行くんとちゃう？」

「たった四年で何か見つかる？」

「見つかる人は見つかるやろうし、見つからんかった人は『見つからない』ってことが見つかる」

「言葉遊びやん」

「でも正しいやろ？」

「そりゃな」

再び欠伸をした夏紀が、瞳を濡らしたままこちらを見上げる。

「希美はどうすんの、大学で。フルート続ける？」

「続けるつもり。吹奏楽サークルは大学にないから、オーケストラサークルに入ろうかな」

「ええやん。希美はやっぱ、フルートが似合うと思うわ」

「あはは、何それ」

「いや、ほんまに」

夏紀が真顔で返す。真剣なトーンに、希美は照れ笑いを引っ込めた。組んだ脚をぎゅうと締めつけながら、希美はなんでもないふうを装い尋ねる。

「夏紀は？」

「うち？　うちはバンドとかやってるかも」

「バンドって、軽音みたいな？」

「そうそう。楽しそうやん」

「ユーフォは続けへんの？」

「いまのところその気はないな。なんというか、燃え尽きた」

「あー」

耳にタコができるくらい、繰り返し聞いた言葉だ。中学でも高校でも、多くの部員たちが同じことを言っていた。吹奏楽部はしんどい。ありったけの情熱をかけて、努力して、たった一度の演奏にすべての力を絞り出す。振り返るとつらいことも多く、でも、そのつらいを集約した先に、信じられないくらいの楽しさが現れる。人前で行うパフォーマンスは、すべてが似たようなものだと思う。刃《やいば》を研いで美しい切っ先を作り上げるように、よりよいものを求めて何度も地味な改善を繰り返す。練習は退屈だし、派手さもない。でも、神様の気まぐれみたいなひととき、たった一回の本番に、しびれるような快感と興奮が現れることがある。希美はその瞬間がたまらなく好きだし、でも、それを追い続けるのに疲れてしまう気持ちも理解できる。

「正直、北宇治《きたうじ》以外でいままで以上の体験ができると思わん。だったら、もういいかなって」

夏紀が目を伏せる。普段は勝気に吠《ほ》えるその唇が、噛み締めるように一音一音を紡いだ。

「関西大会の本番さー、めっちゃ気持ちよかってんな。うち、自分の人生のピークってここなんちゃうかって思った。割とマジで」

「ピークはこれから更新されるから大丈夫」

「やとええけどな」

　ため息の交じった彼女の笑顔は、綺麗《きれい》と寂寥《せきりょう》の中間にある。希美はおしぼりの角を折り畳んで、不格好な舟を作った。途中で店員が皿を運んできたので、慌てて端へ追いやったが。

「いただきまーす」

　夏紀がベーコンを口に運ぶ。希美はナイフとフォークを手に取ると、ガレットをまっすぐ切り裂いた。薄い生地の隙間から、キャラメルソースがあふれている。

「んー、美味《うま》い。こんなうっすいもん、いくら食べても腹は膨れへんけど」

「だからいいんとちゃう？　いろんな味食べられるし」

「はー、その発想はなかった。天才か」

　過剰な賞賛に、希美は肩をすくめて応える。夏紀はフォークの先端を器用に使い、卵黄を生地の内側に巻き込んでいた。

「さっき夏紀が言うてた話やねんけどさ」

「んー？」

「確かに北宇治以上な経験はできんかもしれんけど、それでも、楽器ってもっと気軽にやっていいと思うねんなぁ」

夏紀は何も言わず、ただ咀嚼《そしゃく》を繰り返している。

「大学はもういいかって思っても、社会人になったら吹くかって気持ちになるかもしれんし。おばあちゃんになってから始めたっていい。コンクールってわかりやすい目標やから、つい結果を出すことばっかに夢中になるけど。でも、ふらっと吹きたくなったときにまた始めてみた、みたいな感じでもええんちゃうかなって思う」

「希美の入ってた社会人楽団やと、そういう人おった？」

「いっぱいいたよ。サラリーマンになってからもう一回楽器やりたくなった人とか、うちのおばあちゃんより年上の人とか」

「カッコええなあ、そういう生き方って。なんか、いろいろと考えすぎなんかもなぁ」

残ったソースを生地ですくい上げ、夏紀はぺろりとひと皿分のガレットを平らげた。希美の皿にはまだ半分ほど残っている。

紙ナプキンで口を拭い、夏紀は満足した様子で背もたれに身体を預けた。頬に沿うようにして垂れた彼女の前髪は、出会ったころに比べてずいぶんと伸びた。冬の寒さはこたえるのか、今日の夏紀は髪を下ろしている。短いほうが好きだった、と言えば、彼女はショックを受けてしまうだろうか。

グラスの下にあふれる水滴に、おしぼり製の舟が沈没しそうになっている。

「さっき映画見たって言うたやん」

夏紀がおもむろに口を開いた。

「ああ、言うてたね。何見たん」

「いま話題になってるやつ。小説が原作のサスペンスものでさ。好きなバンドが主題歌担当してたから見に行ってんけど」

「おもしろかった？」

「おもしろかったよ。原作もちゃんと組み込まれて作られてたし、脚本もキャストもよかった」

「ええやん」

「うん。まあ、それはよかってんけど」

褒めている割に、夏紀はやたらと歯切れが悪い。奥歯でクルミを噛み砕き、希美は会話の続きを促した。

「何？　なんか問題でもあった？」

「いやさー、主題歌改めて映画館で聞いたら、すっげーキャッチーになってんのよ。このバンド、前まではそういう感じちゃうかったのに。売れるってこういうことかーってしみじみして」

「それ、アレやん。売れたら遠くに行っちゃったような気がするーってやつやん。昔からのファンがよく言うやつ」

「いや、そうやねんけどさー。もっとこう、気持ちは複雑やねん。ほら、話してたやん。イルミネーションの話。あれに近い」

「何が近いんさ」

夏紀は眉間に皺《しわ》を寄せ、珍しく考え込んだ。よっぽど思い入れのあるバンドだったのだろうか。夏紀の好きなバンドの歌詞はたいてい、希美には刺激が強すぎる。

「だからつまり、うちは光ってない状態でもええなーって思ったわけよ。電飾のね、明かりがついてない状態見て、綺麗やなって。で、光がつくやろ？　ピカピカってして綺麗やから、周りに人が寄ってくる。それを見た大人がね、もっと光らせて人を集めたろって思うわけよ」

「まあ、思うかもしれんね」

「もともとの価値がわかってる人はええねん。この電飾はこうやって光らせたらもっとよくなるぞって、ちゃんと理解してる人は。形が変わったって、本質を理解してるんやなってこっちにも伝わるし。でも、人がいっぱい集まってくると、そうじゃない人も出てくる。光が足りんのやったら違う電飾も足せ、とか、時間あけて使わなあかんらしいけど多分イケるやろ、みたいな。で、そういうトンチンカンなこと言うやつに限って、電飾が壊れて光らんくなったら『なんで壊れたんかなあ』って馬鹿みたいな顔で言ってるの」

「たとえに熱が入りすぎてて怖いんやけど。怒ってるん？」

「怒ってるとかじゃなくて、ただ単純に心配なだけ。自分の大事なもんが、価値を知らん誰かに壊されるんちゃうかって」

でももっと不安なんは、と夏紀はそこで声を落とした。

「自分ももしかしたらそういう大人になるんかもしれへんっていう可能性なんかもしれんわ。誰かの好きを踏みにじってても気づかんような大人にさ。正直、大学に自分が通ってる姿も想像できひんし、働いてる自分なんてもっとわからん。だからなんか、映画見て主題歌聞いて、ぐわーって不安になったの。マリッジブルーならぬ、カレッジブルーやな」

冗談めかして笑おうとした夏紀の唇が、不自然に引きつっている。希美は残ったガレットをフォークに乗せ、ひと口で食べきった。溶けたアイスクリームは、歯が痛くなるくらいに甘かった。

「うちも不安やで。大学とか、新生活って。ワクワクとドキドキが半分ずつ」

「やっぱそういうもん？」

「そういうもんでしょ、みんな。でも、なんだかんだ大丈夫だよ。もし自分の選択に後悔しても、そのときは引き返してまたやり直せばいいだけだし」

「それ、希美の経験談？」

「ま、それもある」

　グラスの中身を一気に飲み干すと、こめかみの辺りがキーンとする。顔をしかめた希美に、夏紀が声を上げて笑う。その頬が緩んでいるのを見て、希美も唇を綻ばせた。

「夏紀はさ、そんなひどい大人になったりしいひんと思う」

「何を根拠に？」

「根拠なんてないけどさ」

けど、そうであればいいと思う。根拠なんてなくたって、裏づけのない自信が誰かを救うこともある。少なくとも、希美はそう信じている。

「ただ、夏紀はいいやつだって知ってるから。多分大丈夫だろうなって」

　思考をそのまま口にすると、なんとも能天気な台詞《せりふ》になった。「何それ」と夏紀がにやけ面で言う。呆《あき》れたような、それでいて優しさを含んだ声だった。

十一　木綿のハンカチ

その日、京都は雪だった。

何もこんな日に雪が降らなくとも、と梨子《りこ》は思った。地面に積もる雪は厚みを増し、降り注ぐ白の雪粒が次第に大きくなっている。もし新幹線が止まったら、と梨子は正面に座る卓也《たくや》を見る。彼は穏やかさをたたえた表情で、コーヒーの注がれたカップを傾けていた。

　こちらの視線に気づいた卓也が、不思議そうに首を傾《かし》げる。

「飲まんのか？」

「あ、飲むよ」

　両手で挟むようにして、梨子はカップを持ち上げる。湯気に混じった甘い香りが、梨子の頬をくすぐった。

　駅構内にあるコーヒーショップでは、多くの人間が飲み物を片手にあいた時間を潰していた。卓也が乗る予定の新幹線は、あと三十分後にやってくる。

「……珍しい」

「え？」

「今日はココアか。いつもは抹茶なのに」

　卓也の指摘に、「そうやっけ」と梨子は曖昧に笑んだ。確かに梨子は、このコーヒーショップの抹茶カプチーノを好んでいた。ただ、今日はなんとなく別の味が飲みたくなって、ココアを頼んだのだ。

いけない、と内側から軽く頬を噛む。いつもどおりに振る舞おうと決めていたのに、結局動揺が態度に出ている。靴底についた雪が溶け出して、店内の床は濡れていた。

「東京、明日は晴れるって」

「そうか」

「京都は明後日までは雪が降るんちゃうかなって天気予報の人が言うてた。海側やないと雪なんて滅多に降らへんから、ちょっとビックリしちゃうね」

「ほんまにな」

卓也がガラス壁越しに外を見やる。厚みのあるセーターの生地が、その体躯《たいく》を覆っていた。足元に置かれたキャリーケースには、入学式用にと用意されたスーツが収まっている。

この新幹線に乗れば、卓也の新生活が始まる。

引っ越しはすでに終わっており、必要なものはすべて卓也の実家から運び出されていた。1Kの新居に足りないものは、いまここにいる本人だけだ。管楽器のリペア師になる夢を叶《かな》えるため、卓也は東京の専門学校へ進学する。京都に住み続ける梨子とは、会う機会もめっきり減るだろう。

「お二人なら絶対大丈夫ですよ！」と、緑輝《さふぁいあ》は鼻息を荒くした。

「いまの時代に、距離なんて関係ないやろ」と、夏紀《なつき》は笑い飛ばした。

「卓也先輩のこと、大好きなんですね」と、久美子《くみこ》はまぶしそうに目を細めた。

「先輩らが一緒におらんとこなんて想像できません」と、葉月《はづき》は真面目な顔で言った。

低音パートの面々たちは、二人の交際をいつも温かく見守ってくれた。夏紀にはよく茶化されたが、それだってこちらへの思いやりを感じさせるものだった。吹奏楽部を引退し、高校を卒業する。平坦《へいたん》に続いていた日常が、ハサミで布を裁《た》つみたいに一つひとつ切り落とされていく。梨子の胸を掠《かす》めたのは、強烈な寂寞《せきばく》だ。

振り返ってみると、梨子の高校生活は充実したものだった。大好きな恋人がいて、素晴らしい友人たちがいた。つらいこともあったが、それだって、通り過ぎたいまでは遠い過去の出来事だ。幸せで、満ち足りていた。これ以上は何もいらないと、本気で思っていた。

「卓也君のスーツ姿、カッコよかったなぁ」

「いきなりやな」

照れているのか、卓也が目を伏せる。

「卓也君のお母さんも言うてはったよ。立派になったなぁって」

「体が？」

「ふふ、それもあるけど、多分それだけじゃないよ」

卓也が母親とともにスーツを買いに出かけたとき、せっかくだからと梨子も同行した。梨子と卓也はすでに家族ぐるみの付き合いで、彼の家で夕食をご馳走《ちそう》になったことも何度もある。卓也は四姉弟《きょうだい》の末っ子で、三人の姉によくからかわれていた。家族と一緒にいるときの卓也は、普段より力が抜けていて可愛《かわい》らしい。賑やかな家族同士の会話を眺めているのも、梨子にとっては幸福な時間だった。

「母さんたち、変なこと言った?」

「変なことって、たとえば?」

「……俺の悪口とか?」

「言わはらんよ。卓也君の家族はみんなええ人やから」

ただ、一度だけ。卓也の母親が梨子へと内緒話をしてきたことがあった。女性にしては背の高い彼女は、梨子に目線を合わせるためにわざわざ膝を曲げてくれた。気の強そうな顔立ちは、卓也の二番目の姉によく似ている。多分、卓也は母親ではなく父親のほうに似たのだろう。

「ありがとうね。卓也のこと、好きになってくれて」

そう言って、彼女は梨子の二の腕辺りを優しくつかんだ。服越しに伝わる熱が、じわじわと梨子の心に伝染した。

「あの子、イケメンでもないし愛想もないけど、真面目で一途《いちず》なやつっておばちゃんが保証するから。梨子ちゃんがもしいいと思うなら、これからも一緒にいたって」

はい、と答えた自分の声は少しだけうわずっていた。大事に受け継がれてきた何かを託してもらえたような気持ちだった。うれしかった。梨子は、卓也と一緒にいたかった。

回想を途中で打ち切り、梨子はカップに口をつけた。温かさが唇に触れ、舌を通り、喉の奥へと落ちていく。

「お姉さんたち、卓也君が一人暮らしするの心配してはるんとちゃう?」

「あの人らはそういうのとは無縁やから」

「そうなん?　卓也君のこと信頼してはるんやね」

「信頼っていうか、放任?　俺よりも梨子のほうが大事らしい」

「うち?」

「『梨子ちゃんみたいなええ子は絶対大事にしろ』って」

ぼそぼそとまくし立てられた台詞《せりふ》は、彼の三番目の姉のものだろう。抑揚の変わるタイミングが特徴をよくつかんでいる。

「いっつも大事にしてもらってるよ」

梨子が微笑みかけると、卓也はカップを手にしたまま目を逸《そ》らした。照れたときに目を逸らす癖は相変わらずだ。

告白されたときもそうだった。学校からの帰り道、一人で歩いているところを卓也に急に呼び止められた。二人で通学路を歩くのは初めてだったし、心臓の音が相手に聞こえてしまうのではないかと緊張してばかりいた。卓也は口数が少なかった。梨子もあまり饒舌《じょうぜつ》なほうではなかったから、会話は自然と途切れがちだった。

公園のそばを通り過ぎたところで、不意に卓也は足を止めた。いま思えば不安と緊張のせいだったのだろうけれど、そのときの彼の表情は険しかった。

「俺、長瀬《ながせ》のこと好きや」と、卓也は言った。『好き』の部分だけ目を逸らす仕草に、心臓がキュンとはしゃいだ。不器用さと本気さが伝わってきて、梨子は気づけば首を縦に振っていた。

あれからずいぶんと月日が流れた。卓也と梨子はときに祝福され、ときに冷やかされながらも恋人という関係を続けてきた。それができたのも、卓也が梨子を好きでいてくれたからだ。

「ありがとうね」

「何が?」

「うちのこと、好きって言うてくれて」

「礼を言われるようなことちゃう」

カップをソーサーに置き、卓也はハッキリとした声音で告げた。

「俺はただ、思ったことを言うただけやし」

「それがうれしいの」

「……そうか」

なだらかな線を描く肩は丸く、その広い背は丸まっている。梨子の体をすっぽりと包んでしまうような、彼の大きな体が好きだった。肉づきのいい柔らかな腕も、無愛想だけれども優しいところも、全部好き。

「……これ、」

おもむろに、卓也がハンカチを差し出してきた。青と黒の幾何学模様の、木綿《もめん》のハンカチだった。意図がわからず、梨子はただ瞬いた。瞼《まぶた》が下りた瞬間、押し出されたように涙が目からこぼれ落ちた。頬を伝う温かな感触が、ひと筋の熱となって輪郭を滑り下りていく。

「ご、ごめんね」

泣かないと決めていたのに、自制の利かない自分の体が嫌になる。止めようと思っているのに、涙は次から次へとあふれた。渡されたハンカチで目を押さえ、梨子はうつむく。

「笑って見送ろうと思ったのに、急に涙が出てきちゃって」

卓也が東京に行くと決めてから、本当はずっと不安だった。毎日会うのが当たり前の習慣になっていて、その当たり前が崩れることが怖かった。

「でも、二年辛抱したらええんやもんね」

ハンカチを握り締めながら、梨子はつぶやく。上手《うま》く笑えていただろうか。意識的に上げた口角は、少し強張《こわば》っているような気がする。

突然、黙っていた卓也がテーブルから身を乗り出した。息を呑《の》んだ梨子の右頬を、彼は親指の腹で拭った。その双眸《そうぼう》が、まっすぐに梨子を見据える。

「俺、梨子以外の人とか考えられんから」

「うん」

「待っててほしい」

わかった、とうなずくのは簡単だった。だが、梨子はそうしなかった。薄いハンカチは水を吸って、わずかに重さを含んでいる。乾く口を濡らすように、梨子は唾を飲み込んだ。東京は遠い。だが、会いに行けない場所ではない。

「待てなくなったら、うちから会いに行くから」

卓也は目を瞠《みは》り、それからふと口元を緩めた。「ありがとう」と紡がれた声は、木枯らしみたいに掠れている。その瞳に光るものを見つけ、梨子はそっとハンカチを手渡した。

店内に置かれた時計が、タイムリミットが迫っていることを示している。恋人たちに残された時間は、未練を殺すには短すぎたが、将来を誓い合うには充分だった。

十二　アンサンブルコンテスト

十月某日。音楽室に集められた部員たちは、合奏形態に並んだ椅子に座っていた。三年生が引退し、音楽室に並べた椅子の数もいくらか減った。それでも、去年に比べると室内はずいぶんと活気がある。今年の一年生部員の数は四十三人、二年生部員は二十八人だ。一学年がいなくなったとはいえ、それでも吹奏楽コンクールの定員である五十五人は余裕で超えている。

「注目」

パン、と久美子《くみこ》が両手を叩《たた》くと、喧騒《けんそう》に満ちていた音楽室は嘘《うそ》のように静まり返った。ずらりと並んだ目が正面に立つ久美子を見据える。久美子が優子《ゆうこ》から部長職を引き継いで、早いものですでに三週間がたつ。こうして注目を浴びることも、最近ようやく慣れてきた。

「それでは十四時になったので部内ミーティングを始めます。よろしくお願いします」

「よろしくお願いします！」

座ったまま、部員たちが頭を下げる。長く続いた中間テスト期間も最終日を終え、部活動もようやく今日で解禁だ。早く吹きたくて仕方ないのか、部員のなかにはすでにケースから楽器を取り出している者もいた。

「まず、最初に連絡事項があります。今月の予定表と、十二月に行われるアンサンブルコンテストについてです。まずは各自、配布されたプリントを見てください」

指揮者席に立つ久美子の左隣には副部長である秀一《しゅういち》が、右隣にはドラムメジャーの麗奈《れいな》が並ぶようにして立っている。いまだに不安なのか、秀一は先ほどから印刷したばかりのプリントに不足がないか確認してばかりで、それとは対照的に麗奈はアンサンブルコンテストの規約を真剣な顔で読みふけっている。

「今月は吹奏楽イベント、来月はデパートと水族館での演奏会があります。ここらへんについてはすでに伝えてあるので、細かい点についてはまた日が近づいたらプリントを配布します。十一月の終わりには期末テストもあるので、そっちの対策も忘れないように」

「はい！」

「では、次にアンサンブルコンテストについてです」

待ってましたと言わんばかりに、前列に座るクラリネットの部員たちが身を乗り出す。視線を浴び、久美子は一瞬だけひるんだ。プリントの文字列を追っていた秀一の目が、気遣わしげに動いたのがわかる。心配されるのが嫌で、久美子は息を吸い込むと、意識的に軽く胸を張った。

「去年まで北宇治《きたうじ》高校はアンサンブルコンテストには参加していませんでした。ちなみに、アンサンブルコンテストに参加したことのある人」

数人の手がまばらに上がる。自分の言葉が足りなかったことに気づき、久美子は慌てて補足した。

「あ、参加っていうのは、実際の大会だけじゃなくて、校内予選とかに参加した子も含みます。えっと、ほら、あれだね。チームを組んで、曲を選んで、アンサンブルをやったことのある人って聞き直したほうが正確かも」

今度は半数ほどの生徒が手を上げた。高校から吹奏楽部に入った生徒はもちろんのこと、中学から吹奏楽を続けている部員のなかにもアンサンブルを経験したことのない生徒は多い。座って演奏する座奏、歩きながら吹くマーチング、少数編成で奏でるアンサンブル。ひと口に吹奏楽部と言ってもさまざまな種類の大会があり、どれに参加するかはその学校次第だ。

「だいたい半分くらいって感じだね……はい、手を下げてください。私もアンサンブルはしたことあるけど、コンクールに出たことはないです。そもそもアンコンって何？　って人もいると思うので、まずアンコンの説明からしたいと思います。ドラムメジャーさん、どうぞ」

麗奈に目配せすると、彼女は小さくうなずき、一歩分だけ前に歩み出た。

「アンサンブルコンテストと言ってもいろいろと種類がありますが、今回私たちが出場するのは吹奏楽連盟が主催するコンテストです。一九七八年に、東京の武蔵野《むさしの》音楽大学ベートーベンホールで第一回が開かれたのが、その始まりです。全日本吹奏楽コンクールと同じく、中学、高校、大学、職場・一般の部があります。県大会から関西、全国と順に勝ち上がっていくシステムも同じです。各大会で金賞を取り、そのなかで代表として選ばれると次の大会へ進めます」

ただ、とそこで麗奈は言葉を区切った。

「吹奏楽コンクールと明確に違うのは、小編成での演奏だという点です。一編成の人数は三人以上八人以下、演奏曲に指定はないですが、五分以内であることが定められています。金管、木管、打楽器、コントラバスの編成が許可されていますが、コントラバスのみの編成、またはリコーダーの使用は認められません。同一パートを二人以上で演奏すること、独立した指揮者を設けることも禁止されています。それと、これがいちばん重要なことですが、京都府アンサンブルコンテストでは参加できるのはひとつの学校につき一編成までです」

つまり、皆がそれぞれグループを組みアンサンブルコンテストに向けて練習したとしても、大会に出場できるのはひと組だけということだ。上限が五十五人の吹奏楽コンクールと比べて、大会に参加できる人数は圧倒的に少ない。

麗奈が後ろに下がったのを目視し、久美子は説明を引き継いだ。

「京都府アンサンブルコンテストが行われるのは十二月後半、関西大会は二月で、全国大会は三月です。日程の都合上、引退した三年生部員は参加しませんが、いまここにいる一年生、二年生部員だけでも合わせて七十一人もいます。これだけいる部員の大半の演奏が校内予選だけで埋もれていくのはもったいない、というのが滝《たき》先生の考えです。そのため、十二月の初めに校内予選を兼ねた演奏会を行うことにしました」

おお、と部員たちがどよめく。音楽室が静まるのを待ち、久美子は口を開いた。

「メンバーの決定は来週の金曜日までとします。メンバーが決まり次第、代表者がパートリーダーへ報告してください。決まったらそこに貼り出している紙に名前を書いていくので、誰を誘うかの参考にしてもらえれば。曲はかぶってもいいので、先輩に先を越されても一年生は気にせずやりたい曲をやって大丈夫だからね」

笑いかけるが、一年生たちの反応は鈍かった。あすかや優子は、こうしたときに空気を和らげるのが上手《うま》かった。あの二人に比べれば、自分はまだまだひよっこだ。

「何か質問がある人」

勝手に頬が赤らむのを感じながら、久美子は室内を見渡した。はい、と後方で手が上がる。パーカッションの二年生部員だった。

「一緒にやりたい子が複数のグループでかぶっちゃった場合、かけ持ちってできますか？　校内予選というのはあくまで身内でやるイベントですよね。それならかけ持ちでも問題ないと思うんですが……」

「確かに、校内演奏会は公式の大会ではないので、禁止されている条件に当てはまっていても許可する場合があります。同一パートでの二人以上の演奏禁止、コントラバスのみの参加禁止、などといったルールは京都府大会への出場権を放棄するなら問題ないです。ただ、かけ持ちに関しては全面的に禁止にします。特定の奏者に負担が集中することを避けるためです。あと、かけ持ちして演奏が中途半端になるのも嫌だしね」

「わかりました。ありがとうございます」

回答に納得してくれたのか、質問者は硬い表情のまま席へ座った。「ほかにありますか」という久美子の問いに、今度こそ手は上がらなかった。たっぷり十秒ほどの時間を待ち、久美子はもう一度手を叩く。

「では、これから個人練習に移ります。アンコンのグループ勧誘は、休憩時間など、普段の練習に差し支《つか》えがない程度で行ってください」

「はい」

「それではこれでミーティングを終わります。ありがとうございました」

「ありがとうございました！」

挨拶を合図に、部員たちが一斉に動き出す。口々に漏れる話し声が、久美子の耳に生ぬるい空気とともに流し込まれた。

「メンバーどうする？」

「とにかく曲決めるとこからやろ。私、前からやりたい曲あってさぁ」

「ダブルリード組はどう考えても争奪戦やん。一人しかおらんのに」

「あのチューバの上手い子欲しいんだけど。一年の」

「トランペット五重奏はどうっすか？　あー、先輩は管打希望なんすかぁ、残念」

「金管でも木管でも、とにかくホルンを先に確保しとけ。すぐ持ってかれるから」

「えっ、もう先に別の子と約束しちゃった？　嘘！」

きゃあきゃあと盛り上がる部員の波を抜け、久美子、麗奈、秀一は廊下に出た。人口密度が下がったせいか、吸い込む空気を新鮮に感じる。

「あー、緊張したぁ」

伸びをした久美子に、秀一が肩をすくめる。

「ミーティングのたびに緊張してどうすんねん」

「話しているあいだは普通でいるつもりなんだけどね。こう、終わるとどっと疲れが出るというか」

「数こなせば平気になるんかもな。それまで頑張れよ、部長」

「アンタに言われなくても頑張るけどね、べつに」

普段どおりを装っているが、久美子と秀一のあいだには一人分ほどの距離があいている。二人が気づかないふりをすることで成立する空気は、薄い膜を一枚めくればたちまちぎこちなさが露呈してしまうだろう。

三週間前、久美子と秀一は恋人関係を解消した。部長業に専念したいからという理由で、本当は距離を取るぐらいの覚悟だったのに、なぜか秀一が副部長になったことで事態はややこしくなっている。副部長に秀一を指名する優子も優子だが、それを引き受ける秀一も秀一だ。断ればよかったのにという気持ちと、引き受けてくれたことを少しだけうれしく思う気持ちがぐちゃぐちゃに絡まって、久美子の存在感のない胸の奥で複雑な様相を呈している。

「久美子は誰と組む予定なん？」

右隣を歩く麗奈が久美子の顔を見上げた。前から歩いてくる通行人の邪魔にならぬよう、秀一がそれとなく後ろへ下がる。

「いや、べつに決めてないけど。私は多分、グループを組めなかった子のフォローに回ることになるかなぁ」

「じゃ、まだ誰とやるかは決めてないねんな」

「いま決めてる子のほうが少ないでしょ。麗奈は決まってるの？」

「とくには。ただ、一緒に音楽やるんやったら、なぁなぁですますような子は嫌」

「おお、さすが麗奈」

「そう？　当たり前のことでしょ」

フン、と小さく鼻を鳴らす麗奈に、久美子は眉尻を下げて笑った。麗奈にとっての当たり前は、普通の人の想定するそれより格段にレベルが高い。だが、彼女の望む水準まで部員の実力を伸ばせれば、北宇治の音楽をより高い次元へ引き上げることができるだろう。

「麗奈はアンコンでやりたい曲とかあるの？」

「好きな曲ならいくつか。金管八重奏の『文明開化の鐘』とか『忘却の城跡』、あとはフレキシブルの『百合は白く、そして気高く咲き』とかね」

フレキシブル（flexible）とは、柔軟性のあるさま・融通の利くさま、を意味する英単語だ。フレキシブルアンサンブルという文脈で使われた場合は、編成の融通の利く譜面といった意味合いになる。楽譜というのはたいてい使用する楽器が厳密に指定されているものだが、フレキシブルの場合はそれぞれのパートをいくつかの楽器のなかから選んで演奏することができる。

たとえば、片岡寛晶《かたおかひろあき》のフレキシブル三重奏『マカリッシュ・ソフィア』を演奏する場合、メンバーはフルート・オーボエ・ファゴットになったり、トランペット・ユーフォニアム・チューバになったりする。使用できる楽器に限りがある部にとって、編成の自由度の高い楽譜はとてもありがたい存在だ。

「塚本《つかもと》はどうなん？」

麗奈が振り返った。「えっ」と裏返る秀一の声が聞こえる。

「俺は……うーん、トロンボーン三重奏の『スターライト・ハイウェイ』とか好きやけど、まあ実際に何吹くかはわからんなぁ。中学のときはホルンやったし、アレとか吹いてて楽しかった。木管五重奏の『メセナの丘で』」

「あー、懐かしいね」

久美子は思わずうなずく。中学二年生のとき、秀一が他パートの部員とともに練習している姿をよく目撃した。軽やかなメロディーが耳に残り、久美子も何度か口ずさんだことがある。

「アンコンでやる曲って、そもそも楽器の組み合わせからしてバラバラだから聞いてて楽しいんだよね」

「それはわかる」

久美子の言葉に、麗奈が深くうなずいた。そういえば、中学生のときは麗奈とグループを組んだことはなかった。秀一とだってない。アンサンブルの時期になるといつも梓《あずさ》が積極的に動いてくれていたので、久美子が気づいたころには勝手に編成ができあがっていたのだ。

会話をしているうちに目的の場所に到着し、三人はそろって足を止めた。職員室の扉を数回ノックし、「失礼します」の声とともにゆっくりと引き開ける。

「滝先生はおられますか？」

付近にいた顔見知りの教師に声をかけると、その後方から滝が顔をのぞかせた。魔法にでもかかったかのように、麗奈がその場で硬直する。

「呼び出してしまってすみません。ありがとうございます」

穏やかな微笑《ほほえ》みをたたえながら、滝がこちらへと近づいてくる。白いシャツの上に重ねられたカーキ色のベストは、素材がもこもこしていて秋っぽい。少し緩んだ胸元のネクタイといい、跳ねた黒髪といい、今日の滝は普段よりちょっとだけ幼く見える。

「先生、今日はいつもと違いますね」

「そうですか？」

「なんというか、雰囲気が」

「もしかしたら寝坊したせいかもしれないですね。今朝は寒かったので、つい布団から出るのが億劫《おっくう》になりまして」

「確かに最近寒いですもんね。ついこのあいだまで暑かったのに」

「そろそろこたつを出す時期ですね」

「ですねぇ」

久美子と滝が世間話を交わしているあいだも、背中にひしひしと二人分の視線を感じる。とくに、麗奈側から。久美子は慌てて本題へと切り出した。

「それで、用件はなんでしょう？　アンコンの話だって聞いてますけど」

「校内オーディションについて、少し相談したいと思いまして」

滝の言葉に、背後に立っていた秀一が反応した。

「校内オーディションについては、もうほとんど決まってたんじゃないんですか？　コンサートみたいにするんですよね、ウチの体育館で」

「そうです。保護者の方と近隣の小学生や中学生を招待する予定です。そこまではいいんですが、オーディションの方法を決めかねていまして」

「方法？」

首を傾《かし》げる秀一に、滝はその眼差《まなざ》しを和らげた。隣にいた麗奈がムッとした様子で眉根を寄せる。

「コンクールのときのように、滝先生と松本《まつもと》先生が決めるのではないんですか？」

「最初はそうしようかと考えていたのですが、それでは生徒が考える機会を奪ってしまうのではないかと」

「どういうことですか？」

久美子が問うと、滝は指を折りながらその意図を説明し始めた。

「アンサンブルコンテストの出場は、北宇治初の試みです。今回、私は部員の皆さんに、いままでやったことのない経験をさせたいと考えています。ひとつ目は、メンバー決めですね。自分たちで編成を考えるというのはなかなかおもしろいものです。そしてふたつ目は、曲決めです。コンクールのときは私が曲を決めていますが、そうではなく、今回は自分たちでなんの曲を吹くかを決めるわけです。自分たちの編成の強みは何か、楽譜のなかで自分はいったいどの役割を担っているのかを、しっかりと考えなければなりません。自分の実力に向き合ういい機会です」

　そして、と滝は言葉を続けた。

「三つ目が、審査員になることです。自分の耳で聞いて、自分の手で誰が代表者としてふさわしいかを決める。演奏を評価するというのは、本当に難しいことです。主観や好みだってもちろんあるでしょう。ですが、それを排除して客観的に演奏を見極めることの難しさを、皆さんに体感してもらいたいんです。……好みと良し悪しを混同しないというのは、大人でも難しいことですけどね」

　ふっと滝の唇から吐き出された息の端々には、ほんのわずかだけ苦々しさが絡まっていた。視線を下げると、無意識のうちに自身の手がスカートの端を握り込んでいる。汗をかいた手のひらを開き、久美子はおもむろに面を上げた。

「滝先生は、オーディションのときにはどういうところに気をつけているんですか？」

「端的に言えば、技量ですね。音そのものの質や、テクニックがどれだけあるかを重視します。あとは積極性ですかね。消極的な出し方で音を外す子は、メンタル面で不安なところがありますから」

「メンタル面ですか……」

　つい渋面になりそうになる自分の顔を、表情筋を動かすことでなんとか正す。精神の弱さは久美子の抱える弱点でもある。以前と比べて本番での緊張はましにはなったが、それでもドキドキするのに違いはない。麗奈や緑輝《さふぁいあ》のような強い心を持ちたいところだが、現状、自分の心臓に毛が生えてくる予兆はない。

「ただ、コンクールメンバーのオーディションと違い、アンサンブルは演奏全体に関する評価になってきますからね。この曲をどういう意図で選んだのか、それぞれが担った役割をきちんと果たせているかは気になるでしょうね。ハーモニー、バランス、表現の仕方というところでしょうか。魅力的な表情をした音は、やはり引き込まれます」

「投票で代表メンバーを決定するっていうのは決めてるんですよね？　じゃ、先生は何を相談したいんです？」

　秀一の質問に、麗奈がまた眉をひそめた。多分、話し方がなれなれしいとでも思っているのだろう。

滝はとくに気に留めた様子もなく、穏やかな口ぶりのまま質問に答えている。

「投票に、現三年生を含めるかどうかです」

「三年生も演奏会に来るんですか？」

「お客さんとしての招待ですけどね。受験に影響が出ない場合に限り、本人らが参加したいと言えば参加することを許可してはいるのですが、代表の枠は一、二年生のみに限定されていると伝えてあります。推薦で合格が決まっている部員以外は、今回はお客さんとして演奏会に参加することになるでしょうね」

一般入試を受ける学生と違い、推薦組は合格をもらうのが早い。今年の北宇治の三年生部員は十八人だが、そのなかにはすでに希望する大学に合格している生徒もいるのだろう。

「俺は三年生部員も含めちゃっていいと思いますけど。完全に客として見られる分、俺らより客観的に評価できると思うし」

と、秀一は主張し、

「アタシは一年生、二年生だけで投票したほうがいいと思います。引退した三年生が情に左右される可能性もありますし。オーディションに参加したメンバーが自分たちの手で決めたのなら、誰が選ばれても納得できますけど」

と、麗奈が反論する。見事に意見がまっぷたつだ。滝が思案げに顎をさする。

「副部長とドラムメジャーはこう考えているようですが、部長はどう思いますか?」

「え、あ、その、」

話を振られ、久美子は声をうわずらせた。どちらに決まっても問題ないと思うが、どちらでもいいと答えるのは投げやりすぎる気がする。脳みそをフルに回転させ、久美子はためらいがちに口を開いた。

「じゃあ、投票を分けるっていうのはどうでしょう。現役生と、一般投票とで。で、代表者は現役生の投票結果で決めるという形にして、一般投票の一位の子たちはお祭り感覚でお祝いする、みたいな。オーディションで勝つ演奏と一般受けする演奏って、やっぱり違うじゃないですか。だから、そのどちらも救ってあげられるような仕組みがあればなーって……あ、ただの思いつきなんですけど」

話しているうちに、なんだかひどいアイデアな気がしてきた。口調はどんどんとトーンダウンし、最後には言い訳めいた台詞《せりふ》をつけ足してしまった。部長になったらこういうところを直そうと思っていたのに。

自省を始める久美子をよそに、滝は話をさらに掘り下げようとする。

「一般投票というのは、来場してくださったお客さん全員に投票してもらうということですか?」

「そ、そうです」

「と、なると、投票結果が二分される可能性も出ますよね。一般のお客さんの投票結果と現役生の投票結果がまったく違うものになった場合、部員の不満が募ることにはならないでしょうか。みんなが納得できない形で終わってしまうことだけは避けたいのですが」

「それはまあ、確かに」

一般投票で一位になったグループが異議を申し立てる展開になったとしたら、部内に新たな火種を生むことになる。状況を想像し、久美子は頰をひきつらせた。それだけは勘弁してほしい、というのが正直なところだ。

「大丈夫じゃないですか？」

後ろから、秀一があっけらかんとした声で言い放つ。「何を根拠に？」と麗奈が横目で秀一をねめつけた。

「いやだって、それをわかったうえでの校内投票なんやろ？　それやったらみんな納得するって。それに、娯楽用の演奏とコンテスト用の演奏が別物なんやっていう体験は大事な気がする」

「じゃ、塚本は久美子案に賛成なわけね」

麗奈の言葉に、秀一は頰をかきながらうなずいた。

「部長と副部長がそう言うなら、アタシもデメリットよりメリットのほうを重視すべきやと思います。人数に限りがある以上、アンコンの参加要件を満たす編成を組めない生徒も出てくるはずです。そのときに、別の角度から評価してくれる人間がいることは、部員たちのモチベーションにつながると思います」

ふわふわとしたアイデアも、麗奈の優秀な頭で濾過《ろか》すると、それらしい理屈の通ったものになる。おおー、とそろって間抜け面をさらす久美子と秀一に、麗奈が呆《あき》れたように肩をすくめた。

「わかりました」

話に耳を傾けていた滝が鷹揚《おうよう》に首を縦に振る。

「では、皆さんの意見を参考に、分けて投票することにしましょうか」

「いいんですか？」

麗奈が滝の顔を見上げる。その瞳に、一瞬だけ不安の影がよぎった。滝がやわらに微笑む。

「少なくとも、私はいいと感じましたよ。多くの部員に配慮した、優れた案だと思います」

「あ、ありがとうございます」

麗奈がうつむく。そっと盗み見た彼女の横顔は、うっすらと赤く色づいていた。にやつく唇を軽く噛み、久美子は平静を装う。恋する麗奈は、滝といるときいつもより可愛《かわい》くなる。

「それでは、こちらもそのつもりで準備を進めておきますね。アンコンが近づいてくると忙しくなると思いますが、よろしくお願いします」

ぺこりと会釈する滝に、久美子たちも慌てて頭を下げる。その傍らを通り過ぎる教頭が、「今年も熱心ですね」と、呆れと感心の混じった声で笑った。


「部長ー、メンバーの報告に来ましたぁ」

ミーティングから三日がたった放課後。意気揚々と低音パートの教室にやってきたのは、オーボエ担当の剣崎梨々花《けんざきりりか》だった。ダブルリードパートのメンバーには二年生部員がいないため、必然的に一年生部員の梨々花がパートリーダーを任されることとなった。

「もう決まったの？」

驚きの声を漏らしたのは、久美子の隣の席に座っていた久石奏《ひさいしかなで》だ。まるで猫が飼い主に甘えるような仕草で、梨々花は奏にすり寄った。

「んふー、そうやねん」

「なんの曲？」

「えー、奏ったらそんなこと聞いちゃう？　もう、大胆やねんから。そんなところが好きやけど」

「ハイハイ、私も好き好き」

「言い方に気持ちがこもってなぁーい！」

奏と梨々花が相変わらずのやり取りをしているあいだに、久美子は先ほど手渡されたプリントに目を通した。一年生部員のみで構成された、木管五重奏の編成だった。オーボエ、ファゴット、フルート、クラリネット、ホルン。楽器名の横に書かれた部員の名前を確認しつつ、久美子はいまだじゃれついている二人へ声をかけた。

「梨々花ちゃん、奏ちゃんとは組まなかったんだね」

「私だって一緒にやりたかったんですよ？　でも、奏が金管だけでやりたいって言うから我慢したんですぅ」

わざとらしく唇をとがらせる梨々花に対抗してか、奏がそれとなく久美子の腕にしがみつく。生温かい体温が久美子の手の甲に押し当てられた。

「先輩、だまされてはいけないですからね。この子、最初から木管五重奏でやるんだって決めていましたから」

「奏だってそうでしょ？　もうメンバー決まったん？」

「ただいま交渉中ですけど何か？」

「やろうなー。八人集めるのは大変そう」

「ホルンで難航してるとこ」

「ごめんなぁ、私んとこが一人先に取っちゃったから。私の可愛さに免じて許して」

「梨々花が可愛いことと抜け駆けしたのは別問題でしょ」

「えー、奏ってば私が可愛いやなんて！　褒められたら照れちゃう、テヘッ」

もはや何について会話しているのかわからない。舌を出す梨々花に、奏が大仰《おおぎょう》にため息をついた。

会話を聞きつけ、教室の前方で練習していた葉月《はづき》が不思議そうに首を傾げた。

「んんー？　梨々花ちゃんは木管五重奏をやるねんな？」

「そうです。イベールの『三つの小品』をやりたいなって思って」

「それやのに、なんでホルンがいるん？　ホルンは金管楽器やろ？」

葉月の純粋な疑問に答えたのは、彼女の隣でピストンにオイルを注していた美玲《みれい》だった。

「木管五重奏といえば、フルート、オーボエ、クラリネット、ファゴット、ホルンの組み合わせが一般的です。古典派音楽の時代にはホルンは木管楽器とともに演奏する機会が多く、当時は金管や木管という区別もそこまでされていなかったので、まとめて木管五重奏と呼ばれていたんです。慣習的に、いまでもその呼び方が残っているというわけです」

「はえー、みっちゃんったらそんなことまで知ってるんやね。物知りー」

横でチューバを抱いていたさつきが、深々とうなずいている。三年生部員が引退し、チューバを担当する部員は葉月、美玲、さつきの三人となった。卓也《たくや》と梨子《りこ》の姿が教室にない光景は、いまだに少し慣れない。あの二人は、低音パートの良心のような存在だったから。

久美子の腕から身を離し、奏はにんまりと口角を吊《つ》り上げた。

「ホルンは金管でも木管でも活躍できますからね。早めに押さえておかないと、あっという間にほかのグループに取られちゃいます。……ま、今回は早々に梨々花がグループを作ったので、木管五重奏をするグループはほかにはないでしょうけど」

「なんでそんなん言えるん？　アンサンブルって、編成かぶるのを避けるのが普通とか？」

葉月の問いに、美玲が即答する。

「そうではなく、オーボエやファゴットがいまの北宇治には一人ずつしかいないからですよ。剣崎さんがファゴットも連れてグループを組んだ以上、ほかのメンバーはオーボエとファゴットなしの編成を考えるしかありません」

「はー、なるほどな！　一人しかおらん楽器の子は、アンサンブルやととくに重宝されるわけや。人気のある子は早いもん勝ちか」

「上の大会を目指すとなると、個々の能力が高いことが求められますからね。能力が高い子はすでにいろんな人から勧誘を受けているんじゃないですか？」

「みっちゃんもすでに誘われてたり？」

「どうですかねぇ」

あの口ぶりだと、おそらく美玲もすでに誰かから声をかけられているに違いない。さつきがわかりやすくショックを受けた顔をしている。

「えー、みっちゃんはうちとバリチュー四重奏やるんちゃうかったん？」

「誘われた記憶ないけど」

「以心伝心で伝わるかなって」

「いやそれ、伝える気ゼロでしょ」

そんなことないもん！　と、さつきが反論する声をかき消すように、再び教室の扉が開かれた。現れたのはホルンの一年生部員だ。

「パートリーダーが清掃委員の仕事でいいひんので、代理でプリント持ってきました」

「あぁ、ありがとう。受け取るよ」

「よろしくお願いします」

差し出された紙には、ホルンパートの三人の名前が書き込まれていた。

……三人？　と久美子はそこで顔を上げる。

「もしかしてこれ、ホルン三重奏？」

「そうです。ライヒャの『六つのトリオ』をやろうと思ってて」

一年生部員がはにかみながら答える。その後ろで、「もうホルンの子、ほとんど残ってへんやん」と葉月が小さく嘆いていた。

ホルン三重奏のメンバーは、一年生と二年生が入り交じっていた。初心者の部員を上手くフォローできそうな編成だ。腹の前で組んだ指をもじもじとこすり合わせながら、ホルンの一年生は久美子の顔を見つめている。

「どうしたの？」

「あ、いえ、部長はどのグループに入らはるんかなって思って。高坂《こうさか》先輩がうちのパートリーダーを誘ってはったんで、やっぱり部長もそこのグループに入るんかなって勝手に想像してて……」

ホルンのパートリーダーは、二年生の森本美千代《もりもとみちよ》だ。中学からの経験者で、面倒見のいいしっかり者と評判の部員だ。今年のコンクールでは当然のようにAメンバーだった。その腕前は確かなもので、麗奈が目をつけるのもうなずける。

「私はまだ決めてないよ。麗奈からも誘われてないし、ユーフォのいらない曲をやろうと思ってるのかも」

「あ、そ、そうだったんですか。そうですよね、高坂先輩がやりたい曲の編成次第ですよね、こういうのは」

どうやら気を遣わせてしまったようだ。あたふたと慌てふためく後輩に、久美子はひらひらと手を振った。

「私も誰と組むか考えておくよ。プリント、届けてくれてありがとね」

「あ、はい。いえ、こちらこそ」

後輩は律義に一礼すると、「失礼します」という挨拶とともに教室をあとにした。続くように、「そろそろ私もおいとましますね」と梨々花が出ていく。一部始終を眺めていた奏が、久美子の袖口を軽く引いた。顔を向けると、奏は自分の可愛さを百パーセント引き出せる角度で小首を傾げ、上目遣いにこちらを見ている。

「久美子先輩、もしかしてちょっと寂しかったりします？」

「なんのこと？」

「……ふふ、やっぱりなんでもないです」

意味深長な笑みを残し、奏は床に置いていた楽器を構えた。マウスピースに触れた彼女の唇が、びりびりと楽器を震わせる。会話の飛び交っていた室内は次第に音に埋め尽くされ、久美子が紙をめくる音などあっという間に聞こえなくなった。

椅子に浅く腰かけ、脚を開く。下ろしていた楽器を構え、銀色のマウスピースに息を吹き込む。最初は低いB♭。そこから順に、四拍ずつ伸ばしながら音を高くしていく。基礎練習の始まりは、ロングトーンから。肺が吸い込んだ酸素を柔らかに吐き出すと、ベル内に詰まった空気がたっぷりとした響きをまとって振動する。豊かな響き、美しい音。理想の音を脳内で描き、耳が捉える音を少しでもそれに近づける。高音になればなるほど綺麗《きれい》な音は出しづらくなり、知らず知らずのうちに唇に力が入る。掠《かす》れた悲鳴のような音を吐き出させるのは、ユーフォニアムがかわいそうだ。本当は、もっと美しい声で歌えるはずなのに。

基礎練習のメニューをこなしたあと、簡単な曲をいくらか吹く。ここで言う簡単なとは、技巧的な意味で、だ。シンプルな曲ほど奏者の実力が試される。質の高い音色は、豪奢《ごうしゃ》な装飾をしなくとも、ただそこにあるだけで人の心を震わせる。

三階の奥、放課後の廊下は行き止まりに面していることもあり、人の気配がほとんどない。パートごとに振り分けられた教室で練習するのは好きだけれど、混じり合う楽器の音に注意力が散漫になることがある。そういったとき、久美子はこうして一人で練習することにしている。部長になったいま、以前ほど好き勝手に教室を抜け出しにくくはなったが。

窓から差し込む光はすっかり茜色《あかねいろ》に染まっていた。背筋を伸ばし、外の世界に目線を固定したまま、久美子は悠然《ゆうぜん》と息を送り出す。曲は、童謡の『赤とんぼ』。幼い子供の頭を手のひらで柔らかくなでるように、楽譜を目でなぞりながらゆったりとしたメロディーを奏でる。過ぎ去ってしまった思い出への懐かしさと、寂しさ。廊下に反響するセピア色の郷愁が、久美子の心臓を締めつける。腕に抱かれた金色のユーフォニアムが、西日の赤へ塗り替えられた。

「……泣いてる?」

吹き終わり、ようやく息を吐いたところで、突然声をかけられた。すりガラスの窓のほんのわずかな隙間から、長い睫毛《まつげ》に縁取られた女の右目だけがのぞいていた。夏休みに見たホラー特集のワンシーンみたいだ。「うぎゃっ」と思わず悲鳴を上げてしまったが、これは不可抗力に違いない。

「驚かないで。私」

ぼそりと、聞き慣れた声がすりガラス越しに聞こえてくる。思考を巡らせなくとも、この声の持ち主には思い当たる節があった。楽器を抱えたまま、久美子はじりじりと窓のそばへと歩み寄る。

「も、もしかして、みぞれ先輩ですか」

「うん、当たり」

そういえば、ここは社会科準備室の前だった。手を差し込んで窓をスライドさせると、無表情のままひらひらと両手を振っているみぞれの姿が現れた。その体躯《たいく》越しに、棚だらけの室内の様子がよく見える。

「やっぱり、泣いてた？」

「泣いてないですよ。なんでそんなこと思ったんですか」

「なんとなく」

台詞とは裏腹に、その声はなぜか自信に満ちている。テーブルに椅子、譜面台とメトロノーム。狭い教室の中央に作られたスペースには、練習に必要な道具がそろっていた。レースが敷かれた純白のテーブルの上には、艶やかに光る彼女のオーボエが横たわっている。

「先輩はここで練習ですか？」

「うん、そう。滝先生が、あいてる部屋を用意してくれて。たまに指導してくれる。試験対策」

「音大受験となるとずっと練習しなきゃダメですもんね。せっかくこうやって同じ時間に練習してるなら、先輩もアンコンに出てくれたらうれしいですけど」

「私はもう、引退してるから。それに、三月までずっとコンテストの練習するのは、できない」

事もなげに発言しているが、三月まで練習を続けるということは、アンサンブルコンテストで全国大会に出場することを意味している。意外に自信家、という麗奈のみぞれに対する評価は、間違いなく当たっているだろう。

「アンコンといえば、梨々花ちゃん、パートリーダーとして頑張ってましたよ。アンコンのチーム申請だって、一番乗りだったし」

「……ならよかった」

みぞれの口元がそっと綻ぶ。その指先が桟を滑ると、白い皮膚を埃《ほこり》が汚した。

「何やってるんですか。汚れちゃいますよ」

「うん」

「いや、うんではなくて、」

抱えていたユーフォを床に置き、久美子はオイルやグリスの入ったポーチからポケットティッシュを取り出す。力なく置かれたみぞれの手を無理やりに手繰《たぐ》り寄せると、感情の見えない瞳が久美子を捉えた。

「窓、開けるの上手いね」

「はい？」

意味がわからず、久美子はぽかんと口を開けた。みぞれは無表情のまま、もう片方の手で窓を指差す。その顔が至って真剣なものであると察することができるのは、これまでの付き合いの賜物《たまもの》だろう。

「さっき、ちょっとしか開けられなかったから」

「窓をですか？」

「うん。硬くて」

だから隙間からのぞき込んできたのか。先ほどのみぞれの奇怪な行動に合点がいき、久美子は謎の達成感を得た。相手の理屈を理解できると、それだけで少しうれしくなる。

「そんなことなかったですけど……もしかすると、内側からだと開けにくかったのかもしれないですね。建てつけが悪くなってたとか」

「そうじゃない」

「え？」

「そうじゃなくて、」

眉間に皺《しわ》を寄せ、みぞれはじっと黙り込んだ。そのそばで、久美子は彼女の思考がまとまるのを待つ。階下からはトランペットを高らかに吹き鳴らす荘厳な旋律が聞こえてくる。一音目のアタックの力強さからして、きっと麗奈のものだろう。いくら難度が高かろうが、麗奈は高音を外すことを恐れない。彼女の頭のなかにあるのは、音楽的に『正しい』音を再現することだけだ。

「やっぱり、いい」

柔らかなティッシュで桟を拭いながら、みぞれは静かに頭《かぶり》を振った。

「いいんですか？」

「うん。自分がわかってたら、それでいいことだから」

「そ、そうですか。私はさっぱりわかってないんですけど」

「窓を開けるのが上手《じょうず》で、うれしかった。……ただそれだけ」

そう言って、みぞれは満足そうに頬を緩めた。それ以上追及するのも野暮な気がして、久美子はただ曖昧にうなずいた。夕日色の風が吹き込み、みぞれの黒髪を優しく揺する。二人を隔てる窓の桟は、すっかり綺麗になっていた。


日がたつにつれて、編成が決定する生徒も増えてきた。クリアファイルに収まった申請書を取り出し、音楽室に貼り出された紙に名前を書き入れていく。部員名簿と見比べると、一年生メンバーの数が目立った。

「お疲れ様です」

油性マジックを動かしていると、さつきに声をかけられた。何も持っていないところを見るに、これから楽器室に行くところだったのだろう。

「お疲れ。さっちゃんも編成決まったんだね」

鈴木《すずき》さつき、と紙に名前を書き入れる。さつきの名前が含まれていたのは、一年生だけで編成された金管八重奏のグループだった。

「えへへ、そうなんです。トロンボーンの子に金八でやんないかって誘われて」

「なんの曲やるの？」

「『高貴なる葡萄酒《ぶどうしゅ》を讃《たた》えて』の第五楽章です。『フンダドーレ…そしてシャンペンをもう一本』」

「あれって確か金管十重奏の曲だよね？　アンサンブルでは定番曲だけど、八重奏に変えるって感じかな」

「その予定です。許可取りとかは滝先生がやってくれるみたいなんで、ハイパーな奇跡が起こってうちらがアンコンに出ることになっても、そこらへんは大丈夫そうです。ただ、メンバーの実力と曲の難易度が合ってないというか。まず、チューバがめちゃくちゃ難しくて……」

さつきが大きく肩を落とす。普段は元気いっぱいの彼女がここまで悩んでいるのも珍しい。

「そんなに難しいの？」

「めっちゃ高い音があるんですよ。そんなん、高すぎて上手く出えへんよ！　って感じです。あと、もうシンプルに難しいんです。みっちゃんやったらうまくやれるんかもしれないんですけど」

「そういえば、みっちゃんも奏ちゃんも申請来てたね」

届いたプリントは三枚。一枚目はさつきの所属する金管八重奏で、二枚目は一年生だけで組んだ木管八重奏。そして、三枚目は一年生と二年生が交じった金管六重奏だ。

「あのグループは一年生のなかではエリートって呼ばれてるんです。あそこにいる一年三人は、全員Aメンバーだったので。もともとペットとホルンの二年生が三人集まってて、そこに奏ちゃんが、みっちゃんとか上手い一年の子を勧誘して合流した感じです」

「詳しいね」

「一年生同士やと、いっぱい情報が回ってくるんです。みっちゃんとか奏ちゃんとかは、やっぱりいろんな人から声をかけられたみたいです。上手いから」

舌っ足らずな声で紡がれる友人たちの名は、どこか誇らしげな響きをしている。それに耳を傾けていると、自分の目線より下にある彼女の小さな頭をついなでてやりたいような衝動に駆られた。マジックと紙で両手が塞がれていたから、実行はできなかったけれど。

「奏ちゃんたちはなんの曲をやるつもりか知ってる？」

「八木澤教司《やぎさわさとし》さんの『タランテラ』みたいです」

「あー、奏ちゃんが選びそうな曲だね。名曲だし、カッコいいし。……さっちゃんたちは曲を変える気はないの？」

「それはないです。頑張れば、絶対に吹けないって曲ではないですし。あと、自分たちが楽に吹ける曲を選んじゃうと、気持ち的にサボっちゃう気がして。だったら、背伸びをしてでも吹きたい曲を選んだほうがいいかなって」

楽観的な振る舞いが目立つさつきだが、考えるべきところはきちんと考えているらしい。久美子はマジックを左手に押しつけると、今度こそあいたほうの手でさつきの頭をなで回した。柔らかな髪の上を指が滑った刹那、なぜだかあすかに頭をなでられたときの感覚が吹き上がるように蘇《よみがえ》った。ツン、と鼻の奥が痛くなる。それを無視して、久美子は優しく語りかけた。

「さっちゃんは偉いね」

「そ、そうですかね。えへへ」

丸みを帯びた頬を赤く火照《ほて》らせながら、さつきがはにかんだ笑みを見せる。自分より優れた相手に対して嫉妬心を抱かない性格は、彼女の長所だろうか、それとも短所だろうか。そのどちらも正解であるような気がして、久美子は動かす手に力を込めた。このままでいいと思ってしまうのは、きっと久美子のエゴだった。

下校時間を告げるチャイムが鳴ると、教室の外は騒がしくなる。「さようなら」「お疲れ様でした」という言葉があちこちで飛び交い、それもやがては静寂のなかへと沈んでいく。きちんと室内が授業形態に戻っていることを確認し、久美子は音楽室の鍵を施錠する。久美子たちが帰宅するのは、基本的にはいつも最後だ。

職員室に鍵を返し、教科書の詰まった鞄《かばん》を抱きかかえながら久美子は昇降口に向かう。麗奈、緑輝、葉月の三人はすでに靴を履き替えており、中身のない雑談で盛り上がりながら久美子を待ってくれていた。

いち早く久美子の存在に気づいた緑輝が、ブンブンと大きく腕を振る。

「久美子ちゃん！　部長のお仕事、今日もお疲れ様です！」

ビシッと敬礼され、久美子もとりあえず会釈を返す。

「ごめんね、待たせちゃって」

「ええで。全然気にしてへんから」

カラカラと笑う葉月とは対照的に、緑輝が眉を曇らせた。

「んー。緑《みどり》、そこで謝るのは変やと思うな」

思わぬ指摘に、ローファーを取り出す手が止まる。緑輝は踵《かかと》を軽く上げると、久美子に目線を近づけた。

「久美子ちゃんが遅くなるのは、部長のお仕事をやってくれてるからでしょ？　なのに謝るのなんておかしいやん。緑らが待ったことに対して何か言いたいなら、もっと素敵な言葉があるんちゃうかなーって緑は思うんやけど……」

じいっと真正面から見つめられ、久美子は逃げ場を失った。思い当たる節はないが、どうやら先ほどの自分の言動が緑輝の琴線に触れたらしい。助けを求めるように麗奈を見るが、彼女は澄ました顔で手にしていた英単語帳を掲げただけだった。

「……あ、わかった。ありがとう、だ」

「そう！」

うれしかったのか、緑輝がその場で飛び跳ねる。久美子は固まっていた腕を動かすと、ローファーを落とした。散らばった靴を右足から履く。コンコンと爪先で地面を蹴ると、浅く浮いていた踵がすっぽりと靴に覆われた。

「久美子ちゃんはこれから部長さんとして頑張っていくんやろ？　やったらね、謝る言葉の使いどころはちゃんと考えたほうがいいって緑は思うねん。だって、部長に謝られたら、後輩は恐縮しちゃうやろ？」

「そうかなぁ」

「少なくとも、緑はありがとうって言われたほうがうれしい！」

そう言って、緑輝は満面の笑みを浮かべる。話は終わったと言わんばかりに、麗奈が単語帳を鞄にしまった。

「こんなとこにいつまでもおらんと、早く帰ろ」

緑輝と葉月が並んで先を歩き、久美子と麗奈がその後ろに続く。校門をくぐるころには辺りはすっかり暗くなっていて、帰路につく学生の姿もほとんどない。アーガイル柄のマフラーを首に巻き直し、麗奈はあふれた黒髪をその奥に押し込んでいる。

「チューバの鈴木さん、もう編成決まってんてな。誘ったけど断られた」

「鈴木さんって、どっちの？」

「Aに出てたほう」

「あぁ、みっちゃんね。奏ちゃんと組んだみたいよ」

「久石さんはそういう人材集めも抜け目なさそう」

「しっかりしてるからね」

二人の前では、葉月と緑輝が昨日見た映画について話していた。ときおり聞こえる「どびゅーん」やら「ばちこーん」などという効果音に、わずかに興味をそそられる。

「そういえばさ、麗奈も勧誘やってるんでしょ？　ホルンの子が言ってたよ」

「あぁ、知ってたん」

久美子の台詞に、麗奈はばつが悪そうに顔を逸《そ》らした。なんとはなしに会話を続けづらくなって、久美子は鞄からスケジュール帳を取り出した。十月も、気づけばあと数日で終わってしまう。

「そういえば昨日、全国大会だったね。ニュースで結果見てさ」

全国という二文字を耳にして、緑輝の頭が勢いよく後ろを向いた。その迫力に、久美子は後ろに下がることで距離を取る。それを気にした素振りもなく、緑輝が鼻息荒く口を開いた。

「龍聖《りゅうせい》と明工《みょうこう》、どっちも金賞やったね。秀大《しゅうだい》附属は銀賞で残念やったけど」

「えっ、金賞？　龍聖やばすぎん？」

目を丸くする葉月に、緑輝は興奮した様子で腕を振る。

「ほんまにね！　記事にも出てた、弱小男子校の奇跡！　って」

「龍聖の特別顧問って、あほみたいに優秀な先生なんやろ？　どこが弱小なん」

「んー、でも龍聖自体はほんまに府大会の銅賞常連校やったからねぇ。楽器も近くで見たら、古——味のある感じになってたし」

「ボロボロさやったら北宇治も負けてへんやろ。チューバとか、だいぶ金メッキ剥がれとるで」

やれやれといった具合に、葉月が腕を組んでいる。高校の備品である楽器は、大半がかなりの年代物だ。定期的にメンテナンスをしているためにどの楽器も演奏するのに支障はないが、それでも新品の楽器に比べると見た目はどうしても劣ってしまう。古い楽器のなかには新しく買い替えたほうがいいものもあるが、部の予算の都合上、高価な楽器をいくつも買うことは難しい。

「葉月の楽器に塗ってあるのはメッキじゃなくてラッカーだね」

久美子の指摘に、葉月が眉端を小さく上げた。

「ええやん、細かいことは」

「吹部《すいぶ》やと金メッキって呼ぶ子も多いしね。ニジマスをトラウトサーモンって呼ぶみたいなものでしょ。別物ってわかってるけど、似てるからとりあえず呼び名はそのまってい う」

「えぇっ！　あれってシャケとちゃうん？　緑、いままでずっとシャケや思ってた！　なんでサーモンって名前なん？」

麗奈の雑学めいた補足に、緑輝が興味津々《しんしん》で食いついた。掘り下げられるとは思っていなかったのか、麗奈がたじろいでいる。首を伸ばしていまかいまかと回答を待つ緑輝がうらやましくなって、「私も気になる」と久美子も話題に便乗してみた。

「……ニジマスっていうのは川魚なんやけど、トラウトは海で養殖するためにニジマスを品種改良したものなの。いちおう、サケ科サケ属やけど」

「麗奈ちゃん、お魚について詳しいね。お魚博士やん」

「お父さんの受け売りやけどね。ニジマスの塩焼き、お父さんの好物やから」

緑輝の素直な称賛に、麗奈が恥ずかしそうに目を伏せている。思わぬところで思わぬ知識を得てしまった。「またひとつ賢くなってしもた」と、前を歩く葉月がしきりにうなずいていた。

平穏な会話。日常の風景。過ぎていく車の光を踏みつけながら、久美子たちはなんの迷いもなく先へと進んでいく。まるでいまという瞬間が、永遠に続くと信じているみたいに。

「北宇治、去年だったら全国の会場にいたんだよね」

思考が口から滑り落ちる。意味など含まずに発したはずの言葉はしかし、和やかな空間に波紋を作った。葉月が立ち止まり、その踵に久美子の靴先がぶつかる。あ、と思ったときには、彼女の日に焼けた首筋が久美子の眼前に迫っていた。

「悔しい?」

葉月が言った。自分の喉がひきつり、ぎこちなく上下したのがわかる。傍らから伸びてきた指先が、こわごわと久美子の手に触れた。目の形をした熱が、自分の横顔を焼いている。ほろりと、笑みがこぼれた。煮込みすぎたじゃがいもみたいな、丸くてもろい感情だった。

「いま、悔しいとは思わないかな。あのときは悔しかったな、とは思うけど。何を頑張ればいいか、いまはちゃんとわかってるから」

「さすが部長、よう言うた!」

景気づけとばかりに、葉月に背中を叩かれる。緑輝が口元を両手で押さえ、ふくふと笑った。

「久美子ちゃんもちょっとずつ部長さんらしくなってきたね」

「そうかな」

「うん、緑が太鼓判押したげる！」

はい、と無理やりにとげとげしたものを握らされる。手を開くと、キャラメルがひと粒のっていた。包装紙を剥がして口のなかに放り込むと、奥歯の裏側に甘い香りがひっつく。

葉月が手を差し出した。

「緑、うちにもちょうだい」

「んー、じゃあカフェオレ味あげるね。麗奈ちゃんもいる？　ほかにも種類あるけど、何食べたい？」

「何味があるの？」

「いちごとみるくとすきやき！　緑のおススメは――」

「最後のやつ以外で」

す、という声が聞こえるか聞こえないか辺りで、麗奈が口早に言った。とくに落胆した様子もなく、緑輝はごそごそと小袋を探ると、そのなかからキャラメルを取り出した。久美子のものとは包装紙のデザインが違う。

「ならいちご味ね！　はい、これ」

「ありがと」

「どーいたしまして」

緑輝は牛の絵が描かれた包装紙を剥いでいる。久美子がもぐもぐと咀嚼《そしゃく》を繰り返していると、不意に麗奈が口を開いた。

「久美子さ、誰とアンコンやるかもう決めた？」

「まだだけど」

「じゃ、アタシらと一緒にやらん？」

柔らかくなったキャラメルが喉の奥に滑り込んだ。むせる久美子の背を、麗奈が軽くさする。咳《せき》が治まるのを待ち、久美子は生理的に浮かんだ涙を指先で拭った。

「あー、ビックリした。変なところに入った」

「ビックリするようなことじゃないでしょ」

麗奈が唇をとがらせる。スクールバッグの持ち手を肩にかけ直し、久美子は心なしか背筋を伸ばした。

「でも、麗奈はホルンの美千代ちゃんを誘ったんでしょ？」

「うん。ほかの子もいろいろ誘ってるけど」

「ほかって？」

「葉月も誘った。さっき久美子を待ってるあいだに」

「そうだったの？」

思わず声が裏返った。頭の後ろで手を組んでいた葉月が、のんびりとこちらを振り返る。

「そうそう。チューバ探してるって言われて、とりあえずOKしといた。久美子もまだどこのグループにも入ってへんやろ？」

「それはそうだけど……トランペットにホルンとチューバとユーフォって、何やるつもり？　金管五重奏とか？」

久美子の問いに、麗奈はハッキリと首を横に振った。

「やろうと思ってるのは、管打八重奏」

「カンダ？　それってつまり、管楽器と打楽器ってことやんな？」

「葉月はやる曲も聞かずにOKしちゃったの？」

「だっておもしろそうやったし」

しれっと答える葉月に、久美子は自身のこめかみを手で押さえた。

「で、なんの曲やるの？」

「山澤洋之《やまざわひろゆき》の『彩吹～Ibuki～』」

「ってことは、コントラバス入らへんやん！」

それまで黙って話を聞いていた緑輝が、異議を唱えるようにぴょこんとその場で飛び跳ねた。久美子は頬をかく。

「まぁ、管打って言ってる時点で弦は入らないよね」

「久美子ちゃんはユーフォやからそんなこと言えるんやで。いろんなとこに潜り込めるし。でも、コンバスはいっつもこう、アンコンやと余りがち」

「それやったら曲の編成変えたらええんちゃう？　ほら、なんかの楽器をコンバスに替えるとか」

名案を思いついたとばかりに、葉月は顔を輝かせる。だが、そのアイデアを緑輝はやんわりと否定した。

「葉月ちゃんの気持ちはうれしいんやけどね、緑、自分たちの都合で勝手に楽譜を変えるのはあんまりよくないなぁって思うねん」

「そういうもん？」

「うーん。個人的な楽しみでやるんならいいけど、今回はコンテストのためのアンサンブルやんか。じゃあ、作曲家さんとか編曲家さんの意向を無視して楽器をあれこれ変えるんは、ほんまにそれぞれの楽譜に与えられた役割を理解してるって言っていいのかな？　って。このメンバーとやりたいからこの曲でやるっていうのより、この曲やりたいからメンバー集めよ！　っていうのが正しい順序なんちゃうかな」

「えらい堅苦しない？　あくまで部活なんやし、好きな友達だけと組みたいって思う子もおる気するけど」

「そこが難しいところやねんなぁ。自分たちが楽しむための部活なんやったら、緑はそれでもいいと思うし。その部活が何を目的として音楽に取り組んでいるかで変わってくるかなって」

緑輝の靴の底が、先ほどからペタペタとアスファルトの道路をこすっている。からになったキャラメルの包装紙を指先で潰し、久美子は鞄の奥深くにあるポケットへと押し込んだ。

「管打八重奏ってことは、全員で八人いるんだよね？　麗奈はもうメンバー全員集めたの？」

緑輝と葉月がいまだ会話を続けているなか、久美子は麗奈に問いかける。短い前髪の下で、その双眸《そうぼう》が力強く瞬いた。

「ほとんどはね。あとはパーカッションの子だけ」

「あの子は誘わなかったの？　ほら、パートリーダーの順菜《じゆんな》ちゃん」

井上《いのうえ》順菜は久美子たちと同じ学年で、強豪中学出身のパーカッション奏者だ。中学時代からパーカッションひと筋らしく、滝からの信頼も厚い。

「あの子はもう声かけた。ＯＫやって」

「そうなの？　あれ、じゃあ、『彩吹』ってパーカッション二人の曲？」

「そう。もう一人も誘ってるんやけど、なかなか説得できひんくて。ほかの子からも誘われてないみたいやし、断る理由なんてないはずやねんけど」

「麗奈の誘いを受けないってすごいね。誰？」

「釜屋《かまや》さん。ほら、久美子らと同じクラスの」

「あぁー。さっき言ってたのって、つばめのことやったんや」

聞き覚えのある名前に反応して、葉月が会話に乱入してくる。

「葉月はつばめちゃんと仲いいんだっけ？」

「そりゃ仲いいよ。同じBメンバーやから」

平然とうなずく葉月に、久美子は少し意外な気持ちになる。教室での普段の対応からして、つばめが葉月に対して少し心を開いていることは瞭然だ。しかし、それでも加藤《かとう》葉月と釜屋つばめという二人は、性格があまりにかけ離れているように思う。久美子がつばめに対して抱く印象というのは、おとなしいとか静かだとか、そういった類いのものだ。運動好きで根明な葉月とはかなりの隔たりがある。

あ、と緑輝が思い出したように両手を叩いた。

「そういえば葉月ちゃん、前に一回つばめちゃんと遊びに行ったことあったやんな？緑らは練習で行けんかったけど、Bの子らだけ早めに練習終わった日」

「あー、あれは二人でお笑い見に行ってた。つばめ、めっちゃ芸人について詳しいねん。おもろい芸人とかもいろいろ教えてくれるし」

「釜屋さん、お笑いが好きなんや」

麗奈が意外そうにつぶやく。いかにも読書少女といったつばめの見た目からは、想像していなかった趣味だ。

葉月がカラカラと大口を開けて笑う。

「芸人のラジオとかも好きみたいやで。深夜ラジオ聞いてたせいで寝坊しかけたとか、たまに言うてるし」

「それだけ仲いいなら、葉月からつばめちゃんを誘ったら上手くいくんじゃない？」

久美子の提案に、葉月が自身の胸を軽く叩いた。口角を上げ、葉月は意気揚々と腕をまくる。

「まっかせといて！　うちもたまには役に立つってとこ見せたるわ」

日に焼けた腕が、すさぶ秋風にさらされる。自身の皮膚のうっすらと浮かび上がった鳥肌に、葉月は気づいてすらいないようだった。

それからの葉月の行動は早かった。翌朝、久美子が教室に向かうと、すでに葉月と緑輝がつばめを取り囲んで談笑していた。

「お、おはよー……」

遠慮がちに声をかけると、緑輝がすぐさま振り向いた。二人の肩越しに、申し訳なさそうに背を丸めるつばめの姿が見える。肩に届く程度の黒髪は左右に跳ね、半端に伸びた前髪がその目元にかかっていた。丸眼鏡《まるめがね》のレンズは彼女の両目よりもひと回りほど大きく、垂れた眉と相まってどこか野暮ったい印象を受ける。

「おはよう、久美子ちゃん!」

緑輝に続き、葉月も大きな声で挨拶を返した。つばめは逡巡《しゅんじゅん》するように瞳を左右に揺らしていたが、やがて無言で会釈した。明らかに警戒されている。

「さっきの話、久美子も一緒やで」

葉月に腕を引かれ、意図せずつばめの前に躍り出ることとなった。落ち着かないのか、つばめは先ほどから何度も鼻先を触っている。

「……黄前《おうまえ》さんも」

「これ、アンコンの話だよね?」

「そうそう。つばめを勧誘してるところ」

葉月がうなずく。相槌《あいづち》を打っていた緑輝が、ひょいと机の端に腰かけた。

「つばめちゃんは久美子ちゃんとか葉月ちゃんとかと一緒にやるの、嫌?」

「嫌ってわけちゃうよ、全然」

ブンブンとつばめが左右に首を振る。わずかにずれた眼鏡を正し、「ただ、」とつばめはおそるおそる言葉を紡いだ。

「高坂さんが順菜ちゃんと私を誘ったから、なんか、気後《きおく》れしちゃって」

「なんで？」

「だって、順菜ちゃんって私よりめっちゃ上手いし。なんか、比べられるのもおこがましいなって」

つばめが目を伏せる。喉の奥にくすぶる劣等感の塊が、彼女の唇の隙間からちらりとのぞき見えていた。

「だいたい、高坂さんもなんで私なんかを誘ったんやろう。パーカッションってだけならほかに上手い子はいっぱいおるのに。Aやった子とか」

「そんなに深く考えんでもいいんとちゃう？　単純に、つばめとやりたいなぁって思ったんやって」

「葉月はそりゃ普段から仲いいからそう思えるかもしれへんけど、私はあんまり高坂さんと接点ないし」

自虐方向に会話が進むこの感じ、なんだか既視感がある。放っておくと面倒なことになるのは火を見るよりも明らかなので、久美子は慌てて二人の会話に割って入った。

「麗奈は余計なことをごちゃごちゃ考えるタイプじゃないし、単純につばめちゃんと一緒に音楽やりたいなって思って誘ったんだと思うよ」

「そうなんかな」

「うん、そうだと思う。だからね、つばめちゃんが私たちの編成に入ってくれたらうれしいなぁって思うんだけど」

前で組んだ手をすり合わせ、久美子はできるだけ柔らかい笑みを浮かべる。「おねがーい！」と両手を合わせる葉月に、つばめは困ったように自身の首の後ろを手でさすった。

「あー……そこまで言われたら、断るのも申し訳ないし」

「ってことはオッケーってことやんな！　ありがとうつばめ！」

がばっと飛びかからんばかりの勢いで抱きついた葉月に、つばめが大きく目を見開く。その右手がぎこちなく空をさまよい、やがて決まり悪そうに自身の眼鏡フレームに触れた。

流れを見守っていた緑輝が、真ん丸な双眸を無邪気に細める。

「よかったね、葉月ちゃん！」

「うん！」

つばめから身体を離し、葉月が大きくうなずく。つばめが首をひねった。

「高坂さん、『彩吹』をやるって言ってたけど、ほかのメンバーはどうなってるん？」

「さぁ、うちはよう知らん。ってか、この曲って編成どんな感じなん？　教えてみどペディアー」

「もう、しゃあないなぁ」

どこから取り出したのか、緑輝が赤縁の眼鏡をかける。音楽に関する説明をするとき、緑はいつも百円ショップで買った伊達《だて》眼鏡を装着する。春に卒業したあすかをリスペクトしてのものらしい。

「『彩吹～Ibuki～』は山澤洋之さんが作った曲で、基本はマリンバとユーフォニアムの二重奏、そこに三重奏、五重奏、八重奏……って形で、演奏する人を増やせるようになってる楽曲やねん。ユーフォ吹きのお父さんとマリンバ弾きのお母さんのあいだに生まれたお子さんの幸せを願って作られた曲だけあって、ユーフォとマリンバがこの曲の主役って感じやね。可愛さと壮大さが一緒になってるような曲で、緑もめっちゃ好き！」

「え、ユーフォメインの曲なの、これ」

反射的に驚きが口に出ていた。麗奈が核となってメンバーを集めていたから、てっきりトランペットが中心の曲なのだと思っていたのだが。

緑輝が平然とうなずく。

「そうやで。管打八重奏の場合は、パーカッションが二人、ユーフォ、トランペット二人、ホルン、トロンボーン、チューバって編成やね。麗奈ちゃんはあとはパーカッションだけって言うてたから、ほかのメンバーは多分もうそろえてるんやと思う」

「もう一人のトランペットって誰なんやろ?」

葉月の疑問に、答えられる人間はいなかった。これぱっかりは麗奈に直接聞くしかないだろう。

「緑としては、トロンボーンが誰かのほうが気になるけどね」

笑顔で告げられた台詞に、久美子はしばし固まった。……いや、まさか。嫌な予感を振り切るように、久美子は頭を左右に振る。

想像の答え合わせの時間は、その日の放課後にやってきた。

「えー、かしこまって挨拶すんのもなんか変な感じやけど、トロンボーン担当の塚本です。よろしく」

ぺこりと頭を下げる秀一に、「やっぱり!」と久美子は心のなかで叫んだ。恨みがましく麗奈を見るが、彼女は涼しい顔をしている。

家庭科室に集まった人間は、全員で八人。今回のアンサンブルコンテストでグループを組むメンバーだ。右から順に自己紹介を、という麗奈の指示のもと、部員たちは一人ずつ自分の名前を口にする。全員が顔見知りなのに自己紹介をする必要があるのかはなはだ疑問だが、いちおう形式にのっとって、とのことらしい。

「あ、その、小日向夢《こひなたゆめ》です。私だけ一年生部員で恐縮です」

久美子の隣に立つ夢が、先ほどからペコペコと頭を下げている。普段から丸い背中が、今日はよりいっそう小さくまとまっている気がする。

「パーカッションの井上順菜です。なんか、こうやってまじまじと挨拶するの照れるわぁ」

「あ、釜屋つばめです」

パーカッション組が、二人並んで挨拶する。順菜が身じろぎするたびに、茶色を帯びた長い髪がきらめいた。手入れされた眉は端に行くほど鋭くなり、可愛らしい顔立ちに凛々《りり》しい印象を添えている。

「ユーフォの黄前久美子です。よろしくお願いします」

「加藤葉月です。チューバやってます！」

元気よく手を上げる葉月に、傍らにいた美千代がくすりと笑った。

「ホルンの森本……あ、森本美千代です。幹事職に囲まれて若干緊張してます」

「同級生相手に緊張してるん？」

「順菜は緊張せん？」

「あはは、全然」

順菜が笑いながら美千代の肩を叩いている。どうやらこの二人はもともと親しかったようだ。肩身が狭そうに首をすくめるつばめと夢の二人は、なんだか似た者同士に見える。

「で、トランペットの高坂麗奈です。いきなり本題で悪いけど、今回の楽譜を配ります。校内予選まであと一カ月ちょっとしかないので、気を引き締めていきましょう」

一人ひとりに麗奈が手ずから楽譜を渡していく。長く伸びる五線譜に久美子が目を通していると、「えぇっ」とつばめの悲鳴が聞こえた。

「私がマリンバなん？」

「釜屋さん、マリンバ得意って聞いたけど。あかんかった？」

「い、いや、あかんってわけとちゃうけど」

口ごもるつばめの腕を、順菜が肘先で軽くつつく。

「っていうか、つばめは一個の楽器に集中したほうがいいやろ。こっちの持ち替えが多いパートは私がやるな」

「けど、この曲マリンバ目立っちゃうし」

「でもつばめ、キック無理やん。手と足、別々に動かせへんやろ？」

キック、とはこの場合フットバスドラムを指している。ペダルに足をかけて演奏する楽器で、踏み込みの動きと連動して太鼓が叩かれる仕組みだ。足と両手をバラバラに動かす技能は、ドラム演奏には欠かせない。

打楽器奏者は金管、木管、弦楽器とは違い、多くの楽器を使いこなす能力を求められる。その点、パートリーダーである順菜は非常に器用で、鉄琴や木琴といった鍵盤打楽器だろうがドラムだろうが、たいていの楽器はオーダーに応じて演奏できる。そこらへんが、彼女が一年生からAメンバーとして活躍するゆえんだ。

「確かに、うちにドラムは無理やけど……」

口ごもるつばめに、順菜が明るく笑いかける。

「じゃ、これでいいやん。それに、つばめはマリンバ上手いんやし、私はアンコンの曲がつばめの能力を活《い》かせるような曲でよかったなって思うけど？」

「順菜ちゃんがそう言うなら、まぁ、わかった」

コクリとうなずくつばめの動きに合わせ、真ん丸なレンズがきらりと反射した。透明なレンズは一瞬だけ白く塗り潰され、彼女の瞳をすっぽりと隠した。まばらな前髪から落ちる不穏な影が、その鼻筋を緩やかになでる。

「久美子、」

呼ばれ、久美子ははたと我に返る。顔を向けると、麗奈がこちらに向かって一枚の紙を突き出していた。アンサンブルの編成用紙だ。

「これ、受理よろしく」

「あぁ、うん」

受け取った紙には、すでに八人分の名前が几帳面《きちょうめん》な文字で書き込まれていた。これで、決定したグループは六組。七十一人中三十八人がすでにグループを組んだことになる。

「これでホルンは全員決まったんか」

いつの間にか隣に来ていた秀一が、腕を組んだまま久美子の紙をのぞき込んでいる。手の位置だけをそのままに、久美子はわずかに顔を背けた。

「ってか、なんでこういうの引き受けちゃうの？　トロンボーンだったらほかのグループもあったでしょ」

「いや、高坂がめっちゃおっかない顔でやれって言うてきたから」

「ふうん？」

「ほんまやって。部長だって、高坂が俺にやたらと当たり強いの知ってるやろ？」

それよりさ、と秀一の指が紙面を叩く。

「アンコンは半数決まってからが本番やぞ」

「言われなくてもわかってるって」

プリントを半分に折り畳み、クリアファイルのなかに収める。視線を感じてふと顔を向けると、こちらを見つめている葉月と目が合った。気づかれると思っていなかったのか、彼女はごまかすようにつばめに話しかけている。

葉月が秀一に告白してから、すでに一年以上がたつ。久美子と秀一の交際が始まってからも葉月は親身になって応援してくれていたが、二人の恋人関係が解消されたいま、その内心はどうなっているのだろう。もしも秀一が葉月と付き合い始めたら……。二人が仲睦《むつ》まじく並ぶ姿を想像すると、自身の眉間に深く皺が寄るのがわかった。別れを切り出したのは自分からだったはずなのに。己の身勝手さに自嘲しつつ、久美子は眉間の皺を指先で伸ばす。好きとか愛とか、そういった曖昧な感情に振り回される自分が嫌だった。


久美子たちに続く形で、それから数日以内に四組のグループが結成された。一年生と二年生が入り交じった打楽器七重奏に、木管楽器を主体とした管打八重奏。楽器の選択肢も少なくなり、曲選びに難儀する部員たちも出始めた。

ほかの楽器を勧誘しあぐね、とりあえず身近なメンバーで手を打ったのが、二年生だけで結成されたサックス三重奏と、一、二年生混合のフルート三重奏だった。同一パートで人数が確保できれば、選べる曲はたくさんある。

名簿帳にチェックをつけながら、久美子は各パートの人数を計算する。追加で二十一人が決定したから、残る部員の数は十二だ。

「部長、どうしましょう。メンバーが決まりません」

「あー……だろうねぇ」

困り顔で相談に来た一年生部員に、久美子はマジックを動かす手を止めた。音楽室の壁に貼り出されたメンバー表も、そのほとんどが埋まりつつある。残っている楽器にも偏りがあり、すべてをバランスよく配置するのは難しいだろう。

久美子のもとへやってきたのは、アルトサックスの一年生だった。サックスはまだ一年生部員が大量に残っている。

「あと残ってるのが、えっと……コンバス二人、クラリネット四人、サックス四人に、トロンボーン一人、パーカッションの子が一人か。組もうと思ったら組める気もするけどね」

空欄に指を滑らせ、久美子は腕を組む。音楽室ではすでに編成を決めた打楽器七重奏の面々が、黙々と練習に励んでいた。打楽器は高価なものが多く、一人に一台ずつ用意されているわけではないので、別々のグループで同じ楽器を使用する場合は時間を指定して交代で練習することになる。先ほどからティンパニが刻んでいる激しいリズムは、作業用のBGMとするにはいささか刺激が強すぎた。音に魅力がありすぎて、作業にまったく集中できない。

「あ、久美子ちゃん。ここにおったんやね」

がらりと扉が開き、そこから緑輝が姿を現した。その隣にはなぜかクラリネットの二年生部員までいる。

「はい、これ。編成表！」

満面の笑顔のまま差し出された二枚の紙に、久美子の頬はひきつった。

「もしかして、もう決まったの？」

「決まったっていうか、今回はコンバスはだーれも誘ってくれへんから、それやったら求《もとむ》くんと二人で二重奏しようかなって。アンコンの規約からは外れてるけど、校内の演奏会は出ていいんやんな？」

「それはいいけど、本当に二人でいいの？」

「緑はちゃんと演奏できたらなんでも！　あと、来年のコンクールまでに求くんに上手くなってほしいから、二重奏のほうがいろいろと教えやすいなって思って。目指せ実力五割増し！」

台詞の割に、勢いよく突き出された指は二本だった。後輩が明らかに困惑している。

「なんの曲やるつもりなの？」

「ベートーベンの『メヌエット』にしようかなぁって。コンバス二重奏編曲の楽譜があるから、それを使うつもりやねん。あと、こっちはクラリネット四重奏やって。最初に組んでたんやけど、出すの忘れてたって」

紙に並んだ四人分の名前は、確かにすべて二年生のものだった。相当な実力者ぞろいだ。初めから組むつもりだったという緑輝の談は事実だろう。

「じゃあ、コンバス二人とクラ四人を合わせて、六人が決まったってことだね」

「そういうこと！　それじゃ、緑らは練習に戻るからいろいろよろしく！」

クラリネットの二年生を引き連れ、緑輝が音楽室をあとにする。その背中が見えなくなった途端、後輩がその場で頭を抱えた。

「状況が悪化してる！」

「確かにね。さらに半分いなくなったし」

先ほどからさらに人数は減り、残るはサックス四人にトロンボーンとパーカッションが一人ずつとなった。

「トロンボーンの子とパーカスの子は適当に振り分けてくださいって言ってたから、まぁ、サックスの四人がどうするかだよね。ほかの子はなんて言ってるの？」

「それが……」

後輩が困ったように眉を下げる。

「サックスでいま残ってるの、全員一年生部員なんですよ。普段から仲良くて、よく一緒にいるんですけど。で、いまいるのはテナー二人とアルト二人なんですが、サックス四重奏ってなるとどうしてもバリサクが欲しいじゃないですか」

「まぁ、バリサク一人とアルト二人、テナー一人ってパターンは多いね。あとはアルトの子がソプラノに持ち替えて、ソプラノ、アルト、テナー、バリトンで一人ずつってパターンとか」

「でも、バリサクはもう楽器自体が残ってへんし。だから、サックス三重奏がいいんじゃないかって話になって。やりたい曲とかもみんなで調べたんですけど、その場合、アルト二人とテナー一人の曲になりそうなんですよね」

「まぁ、そのメンバーだとそうなるよね」

「私はアルトだしアンコンに参加するとして、この場合、残った二人にどっちかは参加できひんからってめっちゃ言いにくいじゃないですか。多分、二人とも優しいから文句とかは言わんと思うんですけど、でも、仲いいからこそ言いにくいというか」

「あー、確かにそれは言いにくいね」

「部長やったらどうしはりますか？　残った子も上手くフォローできる態勢があれば、私も言いやすいんですけど」

「うーん、フォローかー」

　油性マジックの先が、キュッと小気味のいい音を立てた。編成から漏れる子がいることは、初めから予測できていた。いまだ空白の残る紙を見下ろし、久美子は両腕を組んでうなずいた。

「わかった。こっちでも考えておくよ」

「ありがとうございます」

律義に頭を下げる後輩に、久美子は「いいよいいよ」と軽く手を振る。

「むしろ早めに相談してくれて助かったよ」

小さな揉《も》め事はのちのちの火種になりかねない。大人数の部を回していくにはどうしても、効率的に諍《いさか》いの芽を排除する必要がある。

後輩は感激したように自身の手を握り締めると、その頰をうっすらと紅潮させた。

「黄前部長は優しいですね！」

ぴかぴかと光る純粋な尊敬が、久美子の心臓の裏側にある柔らかい部分を突き刺した。一瞬だけ脳裏をよぎったのは、一年生時の小笠原《おがさわら》と自分のやり取りだ。

打算を優しさと受け止められるのは、正直心地がいいものとは言えなかった。


長方形に切り取られた街が、夜のなかに沈んでいく。駆け抜ける街灯は彗星《すいせい》みたいだ。黄色の尾を引いて、久美子の視界から音もなく消える。

シートからあふれた脚をぴたりとそろえ、緩やかな心臓に身を委ねる。扉を行き来する乗客と、少し高めの車掌のアナウンス。帰宅ラッシュ時の電車は普段よりも混雑していたが、いくらか駅を越えると乗客はすっかりまばらになった。

「なんで秀一を誘ったの？」

緑輝とは駅で別れ、葉月はすでに下車した。久美子が隣に座る麗奈に問いかけると、彼女は頬杖《ほおづえ》をついたまま目線だけをこちらに向けた。

「塚本が上手いからやけど」

「本当にぃ？」

「何、久美子はアタシを疑ってるわけ？」

「そういうつもりじゃないけど」

でも、本当はそういうつもりだ。ふてくされる久美子に、麗奈は愉快げに目を細めた。

「今回の曲ね、やりたいって言い出したの小日向さんやねん」

「夢ちゃんが？」

「そ。最初にアタシを誘ってきて」

「それは意外。麗奈が最初に言い出したのかと思ってた」

「まぁ、二人目からは全員アタシが声かけてるんやけどね」

「美千代ちゃんなんて、声かけるの相当早かったもんね」

上がった踵のせいで、気づけば地面についているのが爪先だけになっていた。靴底を意識しながら、もぞもぞとシートに座り直す。

「小日向さん、中学のときからこの曲やりたかったんやって。でも、トランペットの子はみんなほかの子と組んじゃってたから、この編成は無理やったらしい」

「だから今回やろうと思ったってこと？」

「そういうこと。アンコンやるって決まったその日にアタシのとこに来たよ。小日向さんもいろいろあったから、優子先輩の演説に思うところがあったんちゃう？」

「なるほどねぇ」

一年生ながらAメンバーだった夢は、己に引け目を感じて殻に閉じこもろうとするきらいがあった。そんな夢が自分から麗奈を誘ったというのは、彼女が着実に進歩している証《あかし》だ。

「後輩から先輩を誘うのって、すごい勇気だよね」

「アタシもそう思ったから、一緒にアンコンに出ることにしたの。あと、単純に小日向さんって演奏上手いし」

「麗奈ってやっぱり、上手い子を優先して誘ったの？」

「上手いっていうか、一緒に吹いたときにちゃんとビジョンが見える子を基準に声をかけただけ。鈴木さんみたいに断る子もいたけど」

それはつまり、美玲に断られたから葉月を誘ったということだ。膝下を重ね、久美子は上半身を前へと傾けた。落ちる前髪を手で押さえ、下から麗奈の顔をのぞき込む。

「私を誘ったのも、奏ちゃんに断られたから？」

　黒髪の下で、麗奈の頬が静かに緩んだ。吊り上げられた唇は瑞々《みずみず》しい赤で濡れている。

「だったら嫌？」

「嫌というか、」

　久美子はとっさに目を伏せた。スカートからのぞく自分の膝小僧が、寂しそうに身震いした。乾く唇を引き結ぶと、舌先にざらついた感覚がこびりつく。膝に置いた鞄を抱き寄せ、久美子は息を吸った。

「嫌だよ、そりゃ」

「なんで？」

「だって、いちばんがいいでしょ。麗奈に選ばれるなら」

　頬が熱い。顔中が火事みたいだ。「ふうん？」と、麗奈が満足げに笑う気配がする。とうとう我慢できなくなって、久美子は鞄の上に突っ伏した。皮膚をこするファスナーが、少し痛くて、少し気持ちいい。

「正直に言うと、久石さんは初めから誘ってない。ユーフォで頼むなら久美子やと思ってたし」

　久美子は顔を横にしたまま、じとりと麗奈を見上げた。

「その割には誘うの遅かったよね」

「久美子なら、アタシ以外の子と組まへんって信じてたから」

「えー、嘘っぽい」

カタリ、と麗奈の靴先が微《かす》かに動いた。彼女は困ったように目線をずらしたが、久美子は辛抱強くその横顔を目で追い続けた。暖房の効いた車内に落ちる、数秒の間《ま》。やがて根負けしたのか、ため息とともに麗奈の手が下りてきた。冷えた指先が、久美子の髪を軽くすくった。

「前に聞いたとき、ほかの子のフォローに回るって言ってたし。それに久美子って中学のときは真っ先に選ばれてたやん。だから、尻込みしたの」

「なんで？」

「……断られたら、嫌やん」

素っ気なさを装っている割に、麗奈の耳は確かに赤くなっていた。腹の奥から愉快さが込み上げてきて、久美子は息の混じった笑いをこぼした。「んふっ」と、はしゃぐような自身の声が耳の奥に反響する。麗奈はぶすっとした顔で頬杖をついていたが、それが彼女なりの照れ隠しであることは明らかだった。

「私も麗奈と一緒にやりたいなって思ってたよ」

にやにやしながら麗奈の肩に寄りかかる。彼女は抵抗しなかった。

「誘ってくれてありがとね」

「べつに、お礼言われるようなことちゃうし。だいたい、アタシは久美子がユーフォのなかでいちばん上手いから誘っただけで――」

「はいはい、全部うれしいよ」

喜びをこらえきれずに久美子が大きく体を揺らすと、「くすぐったい」と麗奈に肩を押しやられた。

「じゃ、また明日。駅集合ね」

「はいはい、わかってるって」

いつもどおり麗奈と別れ、久美子は一人帰路につく。夜の宇治《うじ》橋は石製のライトによって橙色《だいだいいろ》の光に包まれている。車道と歩道のあいだに植えられている小さな木は、すべて茶の木だ。

欄干越しに遠くを見やると、月明かりに照らされた紅葉《もみじ》が新緑の切れ目からほんのりと浮かび上がっている。足元から迫るように響く川の音が、久美子の意識を深い思考の海へと沈めた。頭のなかを巡るのは、先ほどの麗奈とのやり取りだった。

北宇治高校でいちばん上手なユーフォニアム奏者は？

もしもそんな質問をされたら、久美子の脳裏に浮かぶのはきっと自分の顔だ。奏は確かに優秀な奏者だけれど、技術面では間違いなく久美子のほうが勝っている。そう思っているからこそ、麗奈は自分をアンコンに誘ってくれた。

——じゃあ、もしも自分より上手い子が現れたら？

不意に、そんな疑念が久美子の胸中を掠めた。浮足立っていた心に冷や水を浴びせられたような、ひどく不快な心地だった。

もちろん、こんなのはただの仮定だ。だが、強豪校となった北宇治に優秀な後輩が入学してくる可能性はあるし、それがあすかのようなスーパープレイヤーである可能性もゼロではない。

歩みが次第に速くなる。道を占拠する女子高生の軍団を追い越し、久美子はそのまま駆け出した。夜の帳《とばり》が下り、平等院《びょうどういん》通りは閑散としている。閉店した茶屋を通り過ぎ、石でできた階段を駆け上がった。心臓が体内で跳ね返り、漏れた息が白く染まる。

「は、」

吸い込んだまま息を止め、久美子はようやく立ち止まった。緩やかな傾斜をローファーで下り、設置されたベンチに腰かける。教科書の詰まった鞄を傍らに置くと、どすんと物々しい音がした。

指を組み、その上に額をのせる。鼻腔《びこう》を膨らませ、腹部の動きを意識してゆっくりと息を吸い込む。川のせせらぎに耳を澄ませていると、はやっていた鼓動が徐々に落ち着きを取り戻すのを感じた。

勝手に想像して、勝手に不安に振り回される。これが自分の悪癖だと、久美子は重々自覚していた。たいていの心配は杞憂《きゆう》に終わり、自分が不安だったことすら忘れる。もっとドンと構えとき、というのは葉月の助言だったか。百人近い部員を束ねる身となった以上、自分自身の些細《ささい》な悩みに振り回されてなどいられない。

脳内に浮かぶ、白く濁った自分の抜け殻。林檎《りんご》の皮をナイフでむくみたいに、イメージの刃《やいば》でその抜け殻を剥いでいく。弱い自分が切り捨てられて、闇のなかにぽとりと落ちる。

「……よしっ」

両手を叩き、久美子はベンチから立ち上がる。冷えた風がスカートを揺らし、その裾を大きくはためかせた。今日はタイツを履いてきて正解だった、と久美子は自身の太ももを布越しにさする。厚みのある生地は滑らかで、頬に刺さる冷気なんぞまるで他人事のようだった。

「お、元気ぃ？」

パート練習室の扉を開けると、なぜか優子と目が合った。え、優子先輩？　と久美子は一度扉を閉め、教室名の書かれたプレートを二度見する。そこには間違いなく、

『三年三組』と書かれていた。

ユーフォニアムを手に提《さ》げたまま、久美子はおそるおそる教室に足を踏み入れる。七限目が終わってすぐだったからか、室内にいる低音パートの面子《めんつ》は求だけだった。彼はコントラバスを弾いたまま、気まずそうに小さく目礼した。緑輝が来たら元気になるのだろうけれど、残念ながら彼女はいま楽器室だ。

「あのー、優子先輩、なんでここに？」

脇に挟んだ楽譜ファイルを机に置き、久美子は後方の席へと歩み寄る。その一角を陣取っているのは、先日引退したばかりの優子と希美《のぞみ》だ。優子はにんまりと唇を弧にゆがめると、近づいた久美子の肩をバシバシと叩いた。

「なんでって、新部長に会いに来たらあかんの？　うちはもうアンタが心配でさぁ」

「それ、笑いながら言う台詞じゃないですよ」

「ほんま？　じゃあもっと笑ったろ。ははっ」

「……優子先輩、今日すごくテンション高いですね」

やんわりとノリが面倒だと伝えたつもりだったが、優子が気にする様子はない。隣にいた希美が「久美子ちゃん困ってるやん」と珍しくなだめる側に回っている。

「それにしても、お二人の組み合わせって珍しいですね」

「いや、ほんまは三人で来るつもりやってんけど。あのアホがプリント提出忘れてさ」

　優子が眉端を少し上げる。あのアホ、というのは、十中八九夏紀《なつき》のことだろう。

「三人でってことは、何か重大な用事ですか？」

「いやべつに、重大ってもんでもないけど。大学合格したよって報告」

「おお、おめでとうございます」

　確か、夏紀、優子、希美の三人は同じ私立大学を志望していた。学科は別々であったはずだが、合格発表日が重なっていたのだろう。希美が恥ずかしそうに頬をかく。

「発表そのものは昨日やってんけどさ、ドキドキして一昨日は寝れんかったわ」

「やっぱり大学受験って緊張するんですね」

「そりゃ緊張するけど、さっさと終わった分、一般入試組よりは気楽やろな。これで一年の指導とかにも回れるし」

　優子の台詞に、希美が大らかな笑い声を上げる。

「卒業まで居座るつもりなん？」

「居座るっていうか、ま、アンコンの指導ぐらいはしようかなって思ってて。とくに一年だけのグループとか、途中でなあなあになるかもしれへんし」

「先輩たちが指導してくれたら相当ありがたいとは思いますよ。いちおう、滝先生から指導してもらえる時間も設けてるんですけど、グループ数が多いせいでたくさん時間が取れるってわけでもないので」

「そりゃ滝先生は一人しかおらんしな。出場メンバーの名簿はもうできてるん？」

「まだ未定の子もいますが、いちおうは」

名簿表を差し出すと、優子は真剣な面持ちで紙面に目を走らせた。横からのぞき込む希美が小首を傾げる。

「あぁー、三人余るんや。楽器の編成的に、アンサンブルを組むのはなかなか難しい面子やなぁ」

「そうなんですよ。出ないって選択肢もありますけど、せっかくだったら全員参加がいいじゃないですか」

「コンバス組は二人で出るんやね」

希美が上半身をひねって振り返る。話題を振られた求が、無表情のまま弦を弾《はじ》く手を止めた。フランス人形のような美しい造形をした彼の顔は、億劫さを隠そうともしていない。

「緑先輩が、誘ってくださったので」

伏せられた瞼《まぶた》の端を、飴細工《あめざいく》のごとき繊細さを秘めた睫毛がびっしりと縁取っている。美少年という言葉は、彼のような人間のために存在するのだろう。

「確か、滝先生も言うてはったよな？　引退した部員も参加ＯＫって。校内演奏会の場合はアレやろ？　アンコンの編成から外れても大丈夫やねんな？」

希美の問いかけに、久美子は「いちおうはそういうことになってます」と曖昧にうなずいた。高い位置で結われた希美の黒髪が、動きに合わせてくるんと跳ねた。

希美がニカッと口を開く。

「じゃあさ、うちらとその子たちで編成組んだらええんちゃう？」

「うちらって？」

胡乱《うろん》げな目を向ける優子に、希美が堂々と答える。

「だから、入試終わった組！　夏紀と、優子と、うちと……あ、みぞれを誘うのもいいかも。あの子、まだ普通に練習してるやろうし」

「みぞれは音大入試控えてるから、あんまり余計な労力を割《さ》かせたくない」

反射的に口を衝《つ》いた台詞だったのだろう、優子の声は友人相手にしてはずいぶんと冷ややかなものだった。剣呑《けんのん》な気配を察知して、久美子はぐっと息を呑《の》む。希美は意に介した様子も見せず、ただいつものように明るく笑った。

「もし受験の邪魔になるって感じたら、ちゃんと自分で断るでしょ」

「希美の誘いやったら受けるよ、あの子は」

優子は心からそう確信しているようだった。希美を射抜く視線は鋭い。その視線を受け止めたうえで、希美は静かに首を横に振った。

「みぞれはそこまで馬鹿じゃないって。少なくとも、いまはもう」

「希美はほんまにそう思うん?」

「逆に、優子は思わんの?」

問いに問いを返され、優子は黙った。二人のやり取りに久美子がハラハラするのをよそに、求が優雅にBGMを奏でている。エドワード・エルガーの『愛の挨拶』だ。前に緑輝が弾いていたのを気に入ったのか、彼は基礎練習にこの曲を選ぶことが多い。

「珍しいお客さんですね」

扉が開く音とともに、スクールバッグを持ったままの奏が入室してきた。その後ろから、緑輝と葉月がぞろぞろと顔を出す。先ほどまでの剣呑な空気が、ほろほろと霧散するのを感じる。コントラバスを抱えて移動していた緑輝は、先輩たちの顔を見るなりぱっとその表情を綻ばせた。

「先輩! 来てはったんですね」

勢いに圧《お》されてか、優子が眉尻を小さく下げた。

「今日も川島《かわしま》さんは元気そうやね」

「ばっちり元気です! 先輩たちはなんでここに?」

「んー、志望校に受かった報告」

「それはおめでたいですね!」

手を叩こうとしたところで楽器を抱えていることに気づいたのだろう、緑輝は思い留まった様子で拍手代わりの瞬きを寄越した。

「あれ、夏紀先輩はいはらんのですね」

譜面台を組み立てながら、葉月が尋ねる。優子が唇をとがらせた。

「残念ながらね！　でも、合格したんはアイツも一緒やから」

「おめでとうございます。じゃ、先輩らもアンサンブルに参加しはるんですか？」

「いまその話を現部長としてたとこ」

希美が答えた。その指先はポニーテールの毛先を弄んでいる。

「わかった。じゃ、こうしよう」

おもむろに立ち上がった優子が、久美子に名簿表を突き返した。優子のもう片方の手が、何かを催促するようにこちらへと差し出される。

「久美子たちが実際に聞きに行って、うんって言ったらみぞれらもアンサンブルに参加することにしよ。夏紀もみぞれも、うちらから聞いちゃうとまた話が変わってくるかもしれへんし」

「そうですか？　夏紀先輩なんかは優子先輩から話を通したほうがいい気もしますけど」

「まぁ、こういうのは筋の問題ってやつ。あと、一年の子らがうちらとやるのが嫌ってなったら、この話はなしね。無理強《じ》いするのはよくないし。その場合は無理やりにでもその三人で編成組んでもらうしかないわ」

ほら、と優子が手を動かす。その意図がつかめず、久美子は怪訝《けげん》な面持ちで優子を見上げた。彼女が区切るように発音する。

「か・み」

「あ、申請書ですか」

「そうそう」

フンと鼻を鳴らす優子に、久美子はプリントを手渡した。優子はペンケースからボールペンを取り出すと、さらさらと自分の名前を書き込んでいく。「私も」と希美がその横から自身の名前を書き加えた。

「ここにほかのやつらの名前を書き加えてもよし、ボツにしてもよし。こればっかりは部長のアンタの判断に任せるわ」

「は、はぁ」

「そういうことやからよろしく」

にんまりと笑う優子に、「頑張ってな」と無責任な応援をする希美。二人の顔を交互に見やり、久美子は二人分の名前が埋められた申請書を一瞥《いちべつ》した。綺麗な手書きの文字は、優子の律義な性格を表しているかのようだった。

三階の廊下の奥、こぢんまりとした教室で、今日もみぞれは個人練習に励んでいた。彼女の美しいオーボエの旋律に耳を傾けていると、意識が吸い込まれていくような感覚に陥る。みぞれのオーボエは綺麗だ。シャンデリアの粒をつまみ上げて光にかざしたような、透明ながらもきらめく音色をしている。

「失礼、しまーす」

演奏が途切れたのを見計らって、久美子はゆっくりと扉を開いた。振り返ったみぞれは、リードをくわえたままだった。

「……どうしたの」

「あー、忙しかったですか？」

「そんなことないけど」

楽器を下ろし、みぞれは無表情のまま首を傾げた。

「じつはアンサンブルコンテストについて提案がありまして」

「提案？」

「あの、希美先輩たちが半端に残っちゃった部員たちと一緒にアンコンに出るって話になってて、もしよかったらみぞれ先輩も一緒にどうかなーって。あ、もちろん、受験対策で忙しいでしょうし、無理だったら全然断ってくれてもいいんですけど」

身振り手振りで話す久美子を、みぞれはじっと凝視している。狭い社会科準備室には、スチール製の棚がいくつか並んでいる。その中身はすべて世界史関連の資料であるように見えたが、久美子はさっぱり興味が引かれなかった。多分、それはみぞれも同じだろう。

オーボエを握り締めたまま、みぞれはこちらに正面から向き合った。薄い唇が静かに震える。

「私は出ない」

紡がれた声には、強い意思を思わせる響きがあった。その答えは予想の範囲内であり、予想外のものでもあった。正直に言うなら、久美子はみぞれが希美の誘いを断るなどとは思ってもみなかった。だが、心の片隅では、みぞれがこうして断った事実を当然であるようにも感じている。

「そうですか」

「うん」

「あ、いやー……、そうですよね。すみません、練習中に時間もらって無理言って」

なんだかいたたまれない。気まずさをごまかすように、久美子は自身の頬をかいた。みぞれはふるりと首を横に振る。

「大丈夫。それに、誘ってくれてうれしかった」

「そう言ってもらえると、こちらとしてもありがたいんですけど」

「ほんとの気持ち。希美にも、お礼言っておいて。ありがとうって」

「自分で言わなくていいんですか？」

久美子の問いに、みぞれは不思議そうに首を傾げた。

「自分でも言うよ？」

「あ、そうですか」

「うん、そう」

それがまるで当たり前のことみたいに、みぞれは平然とうなずいた。ただそれだけの出来事がなんだか奇跡みたいにまばゆくて、久美子はつい相好を崩した。うれしさと、そしてほんの少しの寂しさが入り混じった感情が、左胸でうずいている。

みぞれは一人でも大丈夫だ。そんなこと、希美はきっと、とうに知っていた。


翌日の昼休み。廊下の生徒の流れに逆らうようにして、久美子は三年生の教室に足を運んでいた。

「すみません、夏紀先輩いませんか？」

教室にいた女子生徒に声をかけると、彼女はすぐに夏紀を呼び出してくれた。無理やりに束ねたポニーテールの毛先も、気づけばずいぶんと伸びている。彼女はこちらにすぐに気づくと、歯を見せるようにして笑った。

「お、久美子やん。どうし——」

何かに気づいたように、夏紀の台詞が不自然に途切れた。その視線が、久美子の背後にいる存在に突き刺さっている。夏紀は虚を衝かれたように目を丸くすると、そのまま口端を吊り上げあくどい笑みを浮かべた。

「なんで奏はそんなとこで隠れとんの？」

その指摘に、久美子の後ろに隠れていた奏が顔を出した。夏紀に例の件を話すと言った際、言葉巧みに久美子から言質《げんち》を取り、ここまでついてくることを了承させたのだ。そのくせ、いざ教室にたどり着くなり久美子の背中に隠れてしまったのだから困った。

ゴホン、と奏が咳払いする音が聞こえる。彼女は今日も今日とて美しくセットされたボブヘアを手櫛《てぐし》で整えながら、何事もなかったかのような態度で久美子の傍らへ躍り出た。

「夏紀先輩、お久しぶりですね」

「あぁ、そりゃまあ、部活やってたころに比べたら久しぶりやけど」

「なんです、その言い方。可愛い後輩がおめかしして教室までやってきたのですから、もっと喜んでもいいのでは？」

「えー、どこがおめかししてんの？」

「わかりませんか？　途中でばれないように久美子先輩の後ろにわざわざ隠れていたのに」

「奏ちゃん、そんなしょうもない理由で私に隠れてたの？」

「先輩にとってはささやかなものでも、私にとっては重要な理由となりえますからね。見解の相違というやつです」

　そこまで堂々とされると、こちらとしても「そうだね」と言うほかない。夏紀はファッションチェックよろしく奏の全身をまじまじと眺めていたが、不可能だと察したのか、数秒と立たないうちに音《ね》を上げた。

「わからん。大して変わらんし」

「変わってないなんてひどいです。一目瞭然なのに」

「結局奏ちゃんはどこが変わったの？」

　答え合わせを急《せ》かす久美子に、奏はもったいぶった口調で告げる。

「じつは昨日、美容院で前髪を切ったんですよ。五ミリほど」

「わかるわけないやろ！」

　即座にツッコミを入れる夏紀に対し、奏は満更でもない顔をしている。多分、こうして夏紀に構われたかっただけなのだろう。澄ました態度を気取っているが、なんともいじらしい後輩だ。

「で、お二人さんの本題は？」

じつはかくかくしかじかで、と久美子は事の要点をかいつまんで説明した。腕を組んだまま耳を傾けていた夏紀は、説明が終わるなりあっけらかんとした口調で言った。

「ええで。参加しても」

「いいんですか」

「だって、三人だけやったらかわいそうやん。うちと希美と優子と……ま、六人おったらフレキシブルの曲ならいけるやろ」

「さすが夏紀先輩、お心が広い」

賛辞であるはずなのに、慇懃《いんぎん》な口調のせいかどうにも素直な称賛として受け取れない。それは夏紀も同じだったのか、「それはドーモ」とふざけたように肩をすくめた。

「それで、なんの曲とか候補はあるん？」

「いや、まだ何も……。昨日、みぞれ先輩に聞きに行ったあとで後輩たちにも確認したんですが、先輩たちと吹くって提案に関しては喜んでくれていて。テナーの子が一人こっちのグループに移るってところまでは決まりました。ただ、曲の候補を決めるまで至ってなくて」

「んじゃ、『小さな祝典音楽』なんてどう？」

唐突に会話に入ってきた第四の声に、久美子は目を瞬かせた。

「希美先輩」

夏紀の肩に肘をのせ、希美はニカッといつもの快活な笑顔を浮かべた。口元に手を添え、奏が含みのある声で言う。

「すみません。大きな声で話していたせいで内容が聞こえていましたか」

「いやいや、全然。吹部が集まっとるから気になっただけ。それより、さっきの曲はどうよ」

近い距離のまま、希美が夏紀の顔をのぞき込む。

「ええんちゃう？　聞いたことないけど、編成的に大丈夫なんやったら」

「そこらへんは大丈夫やけど、あの面子で曲探すの結構大変やったわ。まず、トロンボーンとユーフォの音域かぶってるし」

「えー、そこ問題ある？」

「大ありでしょ。オーボエもおったら、七重奏でも探せたんやけどね。今回は六重奏やから、まぁ、そういうことで。大丈夫やんな、部長さん」

いきなり話を振られ、久美子は慌てて背筋を伸ばした。「はい！」と返事した声が裏返って恥ずかしい。

「じゃあ、紙に名前を書いてもらっても大丈夫ですか。ほかのメンバーにはすでに書いてもらってるので」

「お？　了解」

五人の名前が書かれた欄に、夏紀が自身の名前を書き加える。これでようやく、校内予選に参加するグループすべてが出そろったことになる。名簿に漏れがないことを確認し、久美子は安堵《あんど》の息を吐いた。最大の関門は乗り越えた。あとは、校内予選に向けて各自の演奏の質を高めるだけだ。

「ま、力みすぎんようにね」

夏紀の手が、久美子の髪をなでるように軽く叩く。その指摘で、久美子は自身の肩の辺りがやたらと強張《こわば》っていたことに気がついた。

「ありがとうございます」

神妙な面持ちでうなずいた久美子に、「そういうとこ」と夏紀は呆れ交じりの苦笑を漏らした。


十一月を過ぎて以降、一日が終わるスピードが一段と加速したような気がする。吹奏楽部員たちは各グループに分かれ、校内のあちこちでアンサンブル曲の練習を行っている。難度に差はあれど、どの部員たちも真剣そのものだ。一般的なコンクールに比べ、校内予選は勝つべき相手の顔が見える。彼よりも上手く、彼女よりも上へ。互いに対する闘争心は、いまのところ部にいい作用を与えてくれているようだった。

「やっぱこういうのは抽選かなぁ」

低音パートの練習室から離れたところにある教室で、久美子はアンサンブルの名簿表を広げていた。メンバーが出そろったいま、次に決めるのは発表の順番だ。広い紙面の上には、各グループの編成と発表曲が書かれている。
・木管五重奏、『三つの小品』
・ホルン三重奏、『六つのトリオ』
・金管八重奏、『「高貴なる葡萄酒を讃えて」より五楽章　フンダドーレ…そしてシャンペンをもう一本』
・木管八重奏、『晴れた日は恋人と市場へ！』
・金管六重奏、『タランテラ』
・管打八重奏、『彩吹〜Ibuki〜』
・打楽器七重奏、『ヴォルケーノ・タワー〜七人の打楽器奏者のための』
・管打八重奏、『シティガール・センチメンタリズム』
・サックス三重奏、『スペイン舞曲集より ガランテ、バレンシアーナ』
・フルート三重奏、『月明かりの照らす三つの風景』

・コントラバス二重奏、『メヌエット』
・クラリネット四重奏、『革命家』
・サックス三重奏、『古《いにしえ》の鏡』
・菅打六重奏、『小さな祝典音楽』

全部で十四グループ、参加人数は引退した三年生三人を含む、計七十四人だ。持ち時間はアンサンブルコンテストと同じく五分以内。スタンバイの時間を考慮に入れると、演奏会自体はだいたい二時間ほどになるだろう。

「久美子、そろそろ練習の時間やで」

チューバを片手に提げた葉月が、扉から顔をのぞかせた。思考にふけっていた久美子は我に返って時計を見上げる。今日はアンサンブルメンバーで通し練習をする予定だ。

「ごめんごめん、いま行く」

ボールペンを置き、久美子は傍らに置いていたユーフォを持ち上げる。待ち合わせ場所は、第二視聴覚室だった。

練習中の空気は重かった。ピリピリと皮膚を焼くような緊張感が、狭い室内に充満している。気まずさを紛らわそうと、久美子は唇を軽く噛む。麗奈の指摘は続いていた。

「マリンバは先走りすぎで、チューバは遅れすぎ。それと、チューバは最大と最小の音量差が小さい。強調するポイントがわかりにくくなるから、ちゃんとそこは意識して」

「はい……」

つばめはすっかり萎縮《いしゅく》しているようで、先ほどからうつむいてしまっている。アンサンブルのために八人は集合したわけだが、麗奈が完全に主導権を握っていた。彼女の指摘は的確で、鋭い。相手に言い訳の余地を残さない正論は、ときに他者の心を完膚なきまでにへし折ってしまう。

そもそもの実力のせいか、先ほどから葉月とつばめが麗奈から集中砲火を浴びていた。打たれ強い葉月は指摘を受けてもすぐに気持ちの切り替えができているが、つばめのほうは完全に引きずっている。このなかで唯一の一年生部員である夢は、終始落ち着きなくソワソワと視線をさまよわせていた。

「じゃ、最初からもう一度。久美子のタイミングでどうぞ」

麗奈の言葉に、久美子は声もなくうなずいた。この曲の一音目は、ユーフォニアムから始まる。独立した指揮者がいないアンサンブルでは、始まりのタイミングからリズムまでが各奏者に委ねられる。曲が始まる瞬間やテンポが変わる瞬間は、とくに気が抜けない。

周囲の部員たちの様子をうかがい、久美子は大きく息を吸い込む。この息を吸い込む動作こそが、周囲への始まりの合図となる。

柔らかなユーフォの旋律に合わせて、ウインドチャイムのきらめくような音が流れる。マレットがマリンバの鍵盤を静かに叩き、透明だった空気に甘美な響きを添える。ホルン、トロンボーン、トランペットがそこに加わり、音楽は一気にアップテンポなものとなる。マリンバの軽妙な音が床を跳ね、それもやがては沈んでいく。

穏やかに積み上がる、静けさを伴った音の層。うなるようなチューバの低音に、ほかの楽器の音色が折り重なる。控えめに叩かれるマリンバと、その上を悠々と流れるユーフォニアム。清らかで、柔らかく。余韻は甘美に。久美子が奏でるデクレッシェンドを押し流すように、マリンバの軽快なメロディーが始まる。——と、その瞬間、久美子は思わず顔をしかめた。まただ、と思った。かけ合いであるはずのマリンバと、息が合わない。かけ違ったボタンみたいに、刹那のタイミングがちぐはぐだ。演奏は問題ない。ただ、胸に残る違和感がしこりみたいで気持ち悪い。とがめるように久美子はちらりとつばめを見る。彼女は鍵盤を凝視していた。

四分半にわたる演奏がようやく終わり、久美子は「ふぅ」とひと息ついた。緑輝が事前に説明していたとおり、この曲のメインはユーフォニアムとマリンバだ。ほかの楽器と比べて負担はやや多い。

「久美子、なんか言いたいことある？」

マウスピースから口を離した麗奈は、真っ先に久美子に声をかけた。先ほどの演奏に不満を抱いたことを、完全に見抜かれている。ぎくりと背を強張らせたのは、つばめに対してこれ以上何か言うことに後ろめたさを感じたからだ。何せ彼女はここ二時間、気が滅入るほどの教育的指導を麗奈から受けている。

「あー……」

久美子は頭をかき、それからつばめを見た。真ん丸なレンズの奥で、彼女の瞳がきゅっと収縮したのがわかる。多分、彼女は自分の至らなさを自覚している。だとすれば、これ以上の追及はマイナスにしかならないだろう。

久美子は努めて優しい声になるよう心がけ、つばめへと笑いかけた。

「つばめちゃん、もしよかったら、次の休日練習が終わったら一緒に練習しない？タイミングとか確認したいし」

「黄前さんがよければ、全然大丈夫」

つばめがうなずく。麗奈はいまだにその横顔に不満を残していたが、久美子の意思を尊重してか、それ以上何か言うことはなかった。

廊下は、音楽にあふれている。耳を澄ませばあちこちからアンサンブル曲が聞こえ、移動中の足をつい止めてしまうこともしばしばだ。妖精の吐息のような甘い音色が、夕焼けの教室を夜色に書き換えている。フルート三重奏だ、と久美子はすぐにピンと来た。この曲は確か、『月明かりの照らす三つの風景』だったか。第一楽章から第三楽章まで異なった味わいの音楽が展開され、ストーリー性に富んだ曲だ。

「お、だいぶようなったやん」

教室のガラス越しに、希美の明るい声が聞こえる。「ありがとうございます」と応じているのは、おそらく一年生部員だろう。志望大学の合格が決まったいま、希美はたびたび教室にやってきては後輩の指導にあたっていた。

再び足を進めると、今度はユーモラスなクラリネットの旋律が耳に入る。軽さはありつつもどこか緊迫感をはらむ音の動きに、久美子の意識は縫いつけられた。己の技巧を誇るような、華麗なカデンツァ。交錯する音と音は、それぞれの個性がぶつかり合いながらも、きちんと調和が保たれている。クラリネット四重奏、作曲家アストル・ピアソラの『革命家』だ。難度の高い曲であるが、上手く自分たちのものにしている。滝の指導の甲斐《かい》もあってか、彼女たちの演奏は日に日に完成度が上がっていた。

廊下を歩き、各部員の演奏にただ耳を傾けているだけではっきりとわかる。北宇治は上手い。どの子にも力があり、それを活かそうとする意欲もある。

優子が主張したとおり、こうして客観的にほかの部員の実力を測れる機会を設けられたのはよかったのだろう。全員での合奏だと、つい自分のことばかりに夢中になってしまうから。

逸《はや》るメロディーが、久美子の背中を追いかける。このままじゃ駄目だ、もっと上手くなりたい。楽譜を腕に抱きかかえ、久美子は速足で低音パートの練習室に向かう。閉ざされた扉の向こう側からは、コントラバスの重厚なハーモニーが聞こえていた。

九時から十六時までという長い休日練習が終わり、久美子はようやく腕の力を抜いた。全員で行う演奏会用の練習と、アンサンブルのための個人練習。バランスよく組み立てられたスケジュールは、いまのところ滞りなくこなされている。

多くの部員が居残り練習の場所としてそれぞれの空き教室を選択するなか、久美子はいまだに音楽室に残ったままでいた。つばめと練習をする約束をしていたからだ。

「久美子、うちも一緒に練習していい？」

チューバを抱えた葉月が久美子の隣の席に腰かける。葉月の言葉は問いかけの形をしているが、断られる可能性なんて一ミリも念頭に置いていない。

「もちろん」

「ありがと」

ひらりと手を振り、葉月は奏の譜面台に楽譜を置いた。麗奈はトランペット教室のために早々に帰宅し、奏は別教室でアンサンブルの練習をしている。

久美子たちの後ろでは、夢と美千代が何やら和やかなムードで会話していた。

「いやさぁ、やっぱうちってみんなの足引っ張ってるやん?」

久美子がピストン管を抜き出していると、不意に葉月が口を開いた。冗談めかした口調だが、その目は笑っていなかった。

「そんなことないと思うけど」

「いや、あるある。だからさ、麗奈にも久美子にも、うちを誘ってよかったなって思われるくらい、上手くなりたいなって思って」

横になっていた楽器を起こし、葉月は「ぶっ」とマウスピースに息を吹き込む。彼女がピストンを押すたびに、ドスドスと鈍い響きが楽器の表面にまとわりついた。

「葉月は多分、しっかり聞きすぎなんだと思うよ」

「聞きすぎ?」

「そう。ほかの人の音を、小節の本当の端の端まで聞いてるから。息を吸って、マウスピースに息を吹き込んで、楽器が鳴る。そのタイムラグが計算から抜け落ちてる」

「久美子はそんなんいちいち考えてんの？」

「考えてないけど、体感でわかるようになってくるよ。基礎練習とかから意識してると、こう、自分の意思と楽器から出る音がぴったり重なるときがあるの。それをいつでもできるようになるっていうのが理想かな」

「んー、うちにはまだ難しいわ」

そう言って、葉月はぎゅっと眉根を寄せた。巨大なぬいぐるみに抱きつく子供みたいに、葉月は楽器に腕を回す。

「でもそれ、後藤《ごとう》先輩も言うてはった。基礎練の意味をちゃんと考えろって。梨子先輩も」

「じゃあ、頑張るしかないね」

「そやねんなー。頑張って武者修行するわ」

とんとん、と葉月の靴先が床を蹴る。助言をくれていたチューバの優しい先輩たちは、もうこの場に存在しない。卓也も梨子も引退したいま、葉月だけがチューバパートの最高学年だ。

うんうんとうなりながらも練習に励む葉月に、久美子は口元を綻ばせる。なんだかんだ言いつつも、前向きに課題に取り組むところが彼女の美点だ。

「黄前さん、待たせてごめん」

マリンバを移動させていたつばめが、控えめな態度でこちらに声をかけてくる。その横にはドラムスティックを持った順菜もいた。先ほどの合奏で、順菜はドラムを担当していたのだ。

「いや、全然待ってないよ」

「ならよかった」

落ち着かないのか、つばめの手から伸びるマレットが、先ほどからみょんみょんと上下に振れている。木製の音板を持つマリンバは、いわゆる木琴の一種だ。ピアノと同じ配列のされた鍵盤を、マレットで叩くことで音を出す。ちなみにマレットとは、打楽器を使用する際に用いるバチの呼び名だ。マリンバの場合は鍵盤が木製なので、傷まないように先端がゴム製であったり、毛糸で巻かれていたりする。

「久美子ちゃんさぁ、つばめの演奏にいろいろ言いたいことあるんやろ?」

ドラムスティックを棚の上に置き、順菜がこちらへ近づいてくる。その単刀直入な物言いに、久美子の返答はつい歯切れの悪いものとなった。

「いやぁ、言いたいことというか……」

「ま、あのときの演奏見てたらそうなるのもわかるんやけどさ、ちょっとその前につばめの演奏を聞いてほしいねん」

順菜はそう言って、近くにあったメトロノームを鳴らし始めた。カチ、カチ、と刻まれる一定のリズムは、『彩吹』の中盤のテンポと同じだった。

つばめはまず、二本のマレットを左手に持った。この曲のマリンバは四本のマレットで演奏するため、奏者は右手と左手にそれぞれ二本ずつマレットを握る。ぶれないように指のあいだに交差して差し込まれた二本のマレットは、そうあることが当然のような態度で彼女の手のなかに収まっていた。

「一、二、三、四、」

順菜のカウントに合わせ、マレットが軽やかに振り下ろされた。最初からプログラミングされた機械のように、四本のマレットが的確なタイミングに的確な位置で鍵盤を打ち抜いた。跳ねる上半身が、まるでダンスを踊っているかのようだ。リン、と鳴り響く奥行きを持った柔らかな音色が、いかにも楽しげに疾走する。

パーカッションに詳しくない久美子でも、つばめが優秀なマリンバ奏者であることはすぐにわかった。

演奏を途中で区切り、つばめは腕を下ろした。眼鏡の奥で、不安そうに揺れる瞳がこちらの様子をうかがっている。

「だ、ダメだった？」

「いや、むしろ上手くてビックリしたよ。つばめちゃん、マリンバ上手だね」

だが、そうであればなぜあの練習のときには上手くいかなかったのだろう。ほっと胸をなで下ろすつばめに笑いかけながら、久美子は頭をフル回転させていた。

「つばめ、鉄琴とか木琴は上手いの。とくにマリンバは本当に上手い。多分、うちの部でいちばん」

隣にいた順菜が、メトロノームの動きを止めた。それは称賛というより、上司が部下の能力を批評する態度に近かった。

「久美子ちゃんもすごいと思ったやろ？　いまのつばめのマリンバ」

「うん、それは本当に」

「でもこの子、結構致命的な欠点があって……リズム感がないねん」

「へ？」

予想外の言葉に、久美子はぽかんと間抜け面をさらしてしまった。セーラー服の袖を肘までまくり上げ、順菜は堂々と腕を組んだ。

「この子ね、高校から吹部に来てんけどさ。ドラム志望でパーカスに入ったはいいけど、どうにもリズムどおりに体を動かすってのが無理みたいで」

「いやでも、さっきマリンバは叩けてたよね？」

「ああやってキチッとテンポが決まってるときはマジで有能やねんけどなぁ」

パーカッション担当でリズム感がないというのは、かなり致命的な問題なのではないだろうか。

無言をどう受け止めたのか、つばめがぽつぽつと言い訳めいた台詞を吐く。

「リズムっていうか、ノリ？　みたいなのが全然あかんくて。ソロに合わせての演奏とか、こう、その人に合わせて演奏するってのが無理やねん。メトロノームがあってそれにきちっと合わせる、とかなら問題ないんやけど」

ますます致命的じゃないか、と久美子は思ったが、口には出さなかった。順菜がうなる。

「うーん。指揮者がおったらマシやねんけど、アンコンは指揮者おらんしなぁ。マリンバは持ち替えないし、つばめを活かせる曲やと思ったんやけど。なかなか難しいわ」

「とりあえず、一回ユーフォと合わせてやってみる？　さっきのつばめちゃんが叩いてくれたところのちょっと前、ユーフォだけのところから」

久美子の提案に、つばめは素直にうなずいた。席の近くに置いていたユーフォを運び、マリンバの前で構える。

「じゃ、私が吹くから入ってきてね」

「わかった」

立ったまま、久美子は息を吸い込む。合図を飛ばそうとつばめを見るが、彼女はマリンバの鍵盤をじっと見つめていた。

美しさを押し出した一音目。久美子の奏でるメロディーが、そこに音楽を生み出した。響かせることを意識した音色は、一度緩やかにペースを落とす。そして、主役はマリンバへ。マレットが力強く鍵盤を叩いた瞬間、久美子はあの日自分が覚えた強い違和感を再び抱いた。代わる代わる移りゆくはずの旋律が、微妙なタッチの差で噛み合わない。久美子は何度もつばめを見やるが、彼女の目線は縫いつけられたように鍵盤から動かなかった。凍りついたように動かない唇。少年のようにほっそりとしたその頬は、演奏が始まってからというもの微動だにしていなかった。

「んー、やっぱ若干違和感あるわぁ。上手く言えへんけど」

曲が終わるなり、順菜が不満の声を漏らす。久美子はユーフォを腕に抱くと、マレットを構えたままのつばめのもとへ歩み寄った。

「つばめちゃんさ、息してる？」

「え？」

当惑したように、つばめが首を傾げる。肩幅に開かれていた彼女の足がその場で小さく地団太を踏む。それに構わず、久美子は続けた。

「パーカッションってさ、演奏するときに息をする必要がないでしょ？　でも、木管も金管も息継ぎしないと楽器は吹けない」

久美子の言わんとすることを理解したのか、順菜がすぐさま反応を示した。

「あー、それ昔、ピアノの先生によく言われたわぁ。歌ってる人は息継ぎするんやから、合唱の伴奏をするときは歌う人たちのことを考えなさいよって」

「それに近い感じかな。つばめちゃんはさ、多分、ほかの人の呼吸のタイミングがわからないんだと思う。さっきもそうだったけど、つばめちゃん、自分が演奏してるあいだは息止めてるよね？」

「嘘でしょ」

順菜が確認するようにつばめのほうを振り返る。当の本人は自覚がないのか、「確かに昔から水に潜るの好きやったなー」とトンチンカンなことを言っていた。

「息を止めるの、つばめちゃんの無意識の癖なんだと思う。で、自分に呼吸する必要がないから、こっちが空気を吸う間が必要なときに、頭のなかにあるテンポに合わせて先に進んじゃうんじゃないかな。あと、単純にタイミングを合わせなきゃなんないときにこっちを見てくれない」

「どっちかっていうとそっちのほうが原因ちゃう？」

「どっちも同じ理由なんだよ、多分。息でタイミングを合わせる発想が、そもそもつばめちゃんにはない」

「えー、まさか。そんな人間おらんでしょ。な、つばめ？」

カラカラと笑いながら、順菜はつばめに顔を向ける。マレットを握り締めたまま、つばめは申し訳なさそうに首をすくめていた。

「他人が息するタイミングとか、考えたことなかった」

「マジで？」

順菜が目を剥く。つばめはコクリとうなずいた。

「というか、いっつも不思議やったの。指揮者おらんときって、みんなどうやって出だし合わせてるんやろって。途中から入る分にはわかるけど、最初の第一音目って合わせるの不可能やんって。今回みたいに途中から入る曲ならマシやけど」

「今回のアンコンでも、久美子ちゃんが最初に合図くれてるやん。大きく息するのは、次の動作で一音目入りますよって合図なんやで」

「知らなかった……。私、毎回抜き打ち試験みたいな気持ちでマリンバ叩いてたよ。いつスタート来るかわかんないから、耳に集中して」

「いやいや、アクションゲームじゃないんだからさぁ」

呆れ顔で、順菜が身をのけ反《ぞ》らす。久美子は抱えていたユーフォを足元に置くと、もしかして、と自身の推測を口にした。

「大事なタイミングでこっちを見ないのも、耳で合わせようとしてるからかもしれないね。聞いて合わせるんだったら、こっちを見る必要性は感じないだろうし」

「じゃ、それが直ったらつばめも人に合わせた演奏ができるようになるんかな」

「少なくとも、入りのタイミングは改善されるんじゃないかな。そもそも、少人数のアンコンならまだしも、大人数の演奏になったら耳だけで合わせるなんて無茶だし」

「そりゃそうだわ。とりあえず、つばめはこれからほかの人とタイミング合わせる練習せんとね。久美子ちゃん、悪いけど付き合ってくれる？」

「もちろん、そのつもりで時間取ってるんだから」

久美子の返答に、順菜の唇がゆるりと弧を描く。鎖骨にかかる黒髪は、光によってはうっすらと茶色の光沢をまとっている。さらされた両腕は密《ひそ》やかに筋肉で覆われており、彼女が普段からきっちりと練習に励んでいることがうかがえる。自分の狙ったタイミングで、自分の望みどおりの音を。打楽器が理想の音を追求する場合、金管や木管とはまた違ったアプローチの仕方をしなければならない。何げなく鳴らされた音がどれほどの努力の上に積み上げられたものなのか、金管担当の久美子には想像しがたい。

マレットが上がり、ポン、と鍵盤を優しく叩く。愛らしい音だ。つばめが顎の先を微かに引いた。

「黄前さんはすごいね。私が自分でも気づかんようなことまで気づいてくれて」

「い、いやー、すごいって言われるほどでも。たまたま気づいただけだし」

同級生に褒められるのは気恥ずかしい。謙遜する久美子に、つばめは大きく首を横に振った。

「自分にとって簡単なことでも、ほかの人にとっては難しいことってあるやんか。私は他人に気配りするのとか苦手やし全然できひんけど、でも、黄前さんはそういうことが得意な人なんやなって。そういう、自分じゃ当たり前にやれてることがじつはほかの人から見たらすごいんやでっていうのは、ちゃんと相手に伝えようって私は思ってて……あ、いまのは順菜ちゃんの受け売りなんやけど」

「あー、そんな前に言うたことよう覚えてるなぁ」

照れをごまかすように、順菜がひらひらと自身の顔を手であおいでいる。「覚えてるよ」とつばめが珍しく強い口調で言った。

「私、ドラムがやりたくて高校から吹奏楽部に入ったんやけど、ほんまに使いもんにならんくて。まず、リズム感ないし運動神経ないし、サンフェスとかで曲に合わせて歩くのも無理で。これはもう辞めるしかないって思ってたら、順菜ちゃんがうちにマレット握らせて、『つばめはマリンバの才能がある』って」

「いやはやー、ほんまにお恥ずかしい」

「なんも恥ずかしないよ。私、そのころからスネアもティンパニも全然あかんくて、パーカッションに向いてへんのやって思ってたんけど。でも、順菜ちゃんは『つばめは自分の評価が低すぎて、自分ができてることとできてへんことの評価ができてへん。

つばめが難しいって思うことを簡単に思う子もおるし、逆につばめが簡単すぎて誰にでもできるって思ってることは、意外にほかの人からすると難しかったりするんやで』って」

「あー、勘弁して。恥ずかしすぎて死ぬ。ほんま死ぬから」

順菜が頬を手で押さえているが、当のつばめはお構いなしだ。つばめには前々から人見知りの印象があったのだが、こうして順菜と話しているところを見るに、意外と上手くやれているらしい。

ふふっ、と思わず噴き出した久美子を順菜が指差す。

「ほらー、久美子ちゃんが笑ってるやん」

「笑うようなこと言うてへんけど」

つばめがむくれたように唇をとがらせる。感情的な物言いは、久美子に対しての警戒心が薄れた証でもあるのだろう。浴槽に張ったお湯に似た、心地のいい感情の波が久美子の胸中でとぷんと揺れる。冷えたユーフォを腕に抱きかかえながら、久美子は笑い交じりに言った。

「ただ、順菜ちゃんもつばめちゃんもいい子だなって思っただけ」

「久美子ちゃんまでそういうこと言い出す！」

じたばたとあがく順菜とは裏腹に、つばめは至極真面目な顔で「うちのオカンか」

とよくわからないツッコミを入れていた。

この日の久美子の指摘は、つばめの演奏に劇的な変化をもたらした。まず、きちんと奏者の目を見るようになった。管楽器奏者が息を吸い込むときは、自分も同じように肩を上下させる。息を吸い、そして吐く。はたから見ている分には些細な行動でしかないが、つばめからするとまさに目から鱗《うろこ》だったらしい。

「他人とタイミングを合わせるって、こういうことなんや」

しみじみとつぶやかれた台詞に、順菜が胸をなで下ろす。パーカッションのパートリーダーである順菜にとって、つばめの欠点の改善は大きな課題だったのだろう。

「はしもっちゃんもいろいろと指導してくれはってんけど、つばめってBやったからAの子らに比べると指導時間が短くて。しかも、普通に指揮者ありでやってる分には問題なかったから、そもそもできてへんことに気づかれんかったのよ。欠点に気づかへん状態というか」

はしもっちゃん、というのは、外部指導者の橋本真博《はしもとまさひろ》のことだ。プロのパーカッションョン奏者である橋本は、ときおり北宇治に来ては部員たちを指導してくれている。

「だから、今年はアンコンがあってよかったよ。こんだけ一人ひとりの演奏を聞いてたら、改善せなあかん箇所も嫌でもわかるし。久美子ちゃんも部長でいろいろと大変やろうけど、ありがとね」

「私はべつに、大したことしてないよ」

「大したことだろうが、大したことじゃなかろうが、久美子ちゃんがこうして行動に移したってだけでめっちゃ偉いことやと私は思うねん。だから、ちゃんとありがとうって言わせて」

そう告げた順菜の表情はひどく真剣で、彼女が他者に対してどう考えているかの一端をうかがい知れた。


「葉月先輩、上手くなりましたね」

十一月もなかばを過ぎたころ、美玲は不意にそんな感想を漏らした。後輩から先輩に対する評価としてはいささか無礼な気がするが、葉月は気にも留めなかった。マウスピースから口を離し、ぺかっとうれしそうに破顔する。

「え、ほんま？」

「長い伸ばしもしっかりと音が出るようになりましたし、あと、音の形が安定してきました。前までは出すたびに違う形の音になることが多かったように感じていたので」

「うはー、そこらへんはみっちゃんの助言のおかげよ。基礎練はここを意識しろって逐一言うてくれたから」

「さっすがみっちゃん！」

まるで自分のことのように喜ぶさつきに、美玲が眉尻を吊り上げる。

「さつきはロングトーン、サボらんように」

「や、やったもーん……」

控えめに反論しているが、完全に目が泳いでいる。美玲がため息をついた。

「ロングトーンが退屈なんはわかるけど、形だけこなしても上手くはならんから。おざなりに練習するんやったら、時間かける意味ないでしょ」

「ううっ、スンマセン」

「八拍伸ばすなら、きっちり全部それで通す。音の出だしから終わりまでコントロールできるように意識して」

「イエッサー！」

元気よく返事するさつきに、「ほんまわかってる？」と美玲が自身のこめかみを押さえている。さつきも葉月も練習熱心な性格であることには間違いないのだが、どうにも細かい部分の詰めが甘い。そこを冷静に指摘できる美玲は、奏者として優秀なのだろう。麗奈と同じタイプだ。

「チーム高坂、やりますね」

チューバ組のやり取りをぼんやりと眺めていると、隣にいた奏が声をかけてきた。楽譜ファイルをめくりながら、久美子は肩をすくめる。

「何、そのチーム高坂って」

「今回のアンサンブルのグループですよ。名前をつけるなら高坂先輩がリーダーでしょう？」

「じゃ、奏ちゃんたちはチーム久石？」

「いえいえ。うちのチームにトップはいません、平和主義なので」

「私のとこも平和だよ」

「それは何よりです」

にこりと奏が目を細める。彼女の笑顔はいつも愛嬌《あいきょう》たっぷりだが、拭いきれない胡《う》散《さん》くささが染み出しているような気もする。奏のことだから意図的だろうが。

「久美子先輩は、今回どこが予選を通ると思います？」

「んー、わかんないな。みんな上手いし」

「こういう少数の演奏って、意外な発見があっておもしろいですよね。地味だと思ってた子がとても上手だったりして」

「あー、それは確かに」

つばめのマリンバが上手だということも、アンサンブルで同じ編成にならなければ知らないままだっただろう。百人近い大所帯の部だからこそ、一人ひとりの特性を完璧に把握することは難しい。

椅子の端に手をかけ、奏は近かった距離からさらに身を寄せた。久美子のユーフォニアムに、ぼんやりとゆがんだ奏の顔が映り込む。

「滝先生も、各部員の実力を把握しやすいでしょうね。きっとこれで、自由曲も決めやすくなったでしょう」

「自由曲って、コンクールの？」

「そうですよ。上手い子が活きる曲を選ばないともったいないですもんね」

来年を見据えて行動する、とはそういうことなのか。引退前の優子の演説を思い出し、久美子はそっと目を伏せた。すべての行動が来年のコンクールに続いている。でも、一つひとつの演奏を単なる過程と割り切ってしまうのは、ひどく寂しい。

「純粋にアンサンブルを楽しみにするのって、部長としての自覚が足りないかな」

漏れた本音に、奏が笑う気配がした。頰に張りつく黒髪を払い、奏は透明なファイルをめくる。

「むしろそれが正しいんじゃないですか？　目の前の演奏に集中するのって、当たり前のことだと思いますけど」

「奏ちゃん、珍しく優しいね」

「私はいつでも優しいですけど」

澄ました顔で告げる奏に、久美子はつい苦笑する。フンと鼻を鳴らす奏の仕草は、なぜだか夏紀を想起させた。


上履き越しに、床をつかむ。暗譜はすでに終わっているといっても、それでも演奏の直前は楽譜に目を通してしまう。閉め切られた教室で、麗奈が久美子に一瞥をくれる。どうぞ、という言葉がなくとも、久美子にはその意図が伝わった。始めろの合図だ。


月日は流れ、気づけば校内予選まであと数日を切った。部員たちの練習も熱が入り、各グループの演奏も仕上げの段階へ移っている。

それぞれのグループが数回にわたって滝からの指導を受けた。それは、引退した三年生を含むチーム吉川《よしかわ》も同じ条件だ。緑輝と求のコントラバス二重奏といった公式大会の出場規定に違反している編成にも、滝は同じように指導を行っている。滝の狙いはあくまで生徒が全力でアンサンブルに取り組むことであって、コンテストの結果にはあまり執着していないのかもしれない。

緑輝と四六時中一緒にいるからか、求の能力はメキメキと向上した。上手くなったのは彼だけではない。麗奈に指摘を受け続けた葉月も、最初のころに比べると格段に腕が上がった。低音パートだけでも成長が著しい部員がいるのだ。同じような影響は他パートにも出ていることだろう。

ユーフォニアムを抱え、久美子はつばめを見つめる。マレットを二本ずつ手にしたつばめが、ゆっくりとうなずいた。目と目が合う。通じ合っている、と久美子は思った。

息を吸う。そして、次の一拍目。背を揺らす自身の動きが、つばめのそれと連動した。

「長椅子はちゃんと歩けるように幅をあけて置いてね。そう、七×六列で」

校内予選が明日に迫り、部員たちは先ほどから体育館で設営を始めている。校内の行事のために用意された長椅子は、瞬く間に規則正しく並べられた。マリンバ、ティンパニ、タムタム、ビブラフォン、ウインドチャイム……エトセトラ。初心者だった一年生部員も、入部して半年以上たったいまでは打楽器の運び方にも慣れている。

「マリンバ運べる人いますかー」

つばめの呼びかけに、葉月や久美子といった数人の部員が応じる。端と端を持って「せーの」のかけ声とともに楽器を持ち上げると、ずしりとした感触が手のひらに食い込んだ。

「おっも」

　葉月がうめいている。百キロを超えるマリンバは車輪がついているため、平地の移動にはなんの支障もない。ただ、体育館に向かうためには階段という大きな障害を乗り越えなければならない。楽器の脚をつかみ、久美子たちは慎重に階段を下りていく。後方で、ホルンパートの美千代が先手を打つように注意した。

「ぶつけんようにね、高いんやから」

「マリンバって高級品なんや」

「パーカッションはだいたい高級品よ。これだって、余裕で百万は超えてるし」

「ひー、高っ」

「予算じゃ足りなすぎて、先生のポケットマネーで楽器を買いそろえる学校もあるらしいで」

「それはヤバい」

　階段を下り終わり、ゆっくりと廊下へ楽器を下ろす。運搬に慣れたとはいえ、重量のある楽器を移動させるのはかなりの労力が必要となる。

「じゃ、あとはよろしく。私は別の楽器運ぶから」

「あ、うちも行くわ」

　美千代と葉月が連れ立って去っていく。久美子はマリンバの端に手をかけると、音もなく前へ押し出した。

「つばめちゃん、体育館までは二人で運ぼっか」

「うん、そうしよ」

ガラガラガラ。車輪が回る音が、狭い廊下に反響する。体育館と音楽室を行き来している部員たちが、「お疲れ様です」とすれ違うたびに久美子に対して会釈した。

「黄前さんはさ、一年生からずっとAやねんな？」

道中、つばめが思いついたように問いを発した。

「まあ、うん。そうだね。来年どうなるかはわかんないけど」

「Aの本番ってさ、やっぱり怖いん？」

「怖いって言うか……まあ、緊張はする」

「そっかぁ」

考え込むように、つばめは一度黙り込んだ。窓の隙間からじわじわと冷気が染み出しているような気がして、久美子はぶるりと身を震わせた。外に出るには外套《がいとう》の必要な季節だ。セーラー服で廊下を歩くには肌寒い。

マリンバが緩やかに速度を落とす。つばめは立ち止まり、久美子のほうを振り返った。丸い眼鏡の奥に、澄んだ光が見える。透き通った、どこまでものぞき込めそうな瞳が。

「私、下手やし。いままでずっと自分がBなんは当たり前やと思ってたんやけど、でも……でも、順菜ちゃんみたいに、自分もAで出たいって思ってええんかな」

「ダメって言う人なんていないよ」

「そうかな」

「そうだよ」

　顔を背けるように、つばめは再び前を向いた。滑らかに回り出した車輪が、楽器を前へ前へと運ぶ。自身の顔をぐしぐしと袖で拭い、つばめは何事もなかったかのように歩き出した。そのしっかりとした足取りを目で追いながら、久美子はマリンバに手を添えた。久美子が押さなくとも、車輪は回り続けていた。

　演奏会当日。会場には多くの客が入り、演奏会の始まりをいまかいまかと待ち望んでいた。見覚えのある制服は、地元の学校に通う中学生だ。引退した三年生から各部員の保護者まで、今日の演奏会には顔見知りの観客が大勢いる。

「はー、なんかドキドキしてきた」

　チューバを抱えた葉月は、パタパタと自身の顔をあおいでいる。久美子、麗奈、秀一、葉月、美千代、順菜、つばめ、夢。八人は壇上の舞台袖に立ち、自分たちの出番を待っていた。

「プログラム十二番、コントラバス二重奏。曲は、ベートーベン作曲、『メヌエット』です」

アナウンスの声を合図に、壇上に拍手が送られる。体育館のステージ上では、緑輝と求が真っ白なライトに照らされていた。ふたつ並んだコントラバスの影が壁に向かって伸びている。

緊張を隠せない求とは反対に、緑輝はいつもどおり堂々としている。二人は互いに向き合い、目配せを交わしながら弓を弦にこすりつけた。深い響きが、振動となって久美子の鼓膜を震わせる。穏やかな旋律は互いに折り重なり、やがてひとつの響きの波となって場内に広がった。

強張っていた求の表情が、徐々に和らいでいくのがわかる。花弁の上を蜜蜂がスキップするような、楽しげで軽やかなピッツィカート。緑輝の音に、求が応える。その眼差しが、指先が、彼らがいまという瞬間を謳歌《おうか》していることを伝えている。

楽しいんだろうなぁ、と久美子は遠目に二人の様子を眺めた。二人の演奏には気取りがなかった。背伸びしたような難解さも、何かに急くような駆け足もない。ただ、喜びをみなぎらせた音色がそこにあるだけ。指先がうずく。出番を待つユーフォニアムが、暗幕の裏できらりと光った。

やがて演奏は終わり、惜しみのない拍手が二人に送られた。頬を上気させた求が、深々と頭を下げている。もうすぐ自分たちの出番だ。

「久美子、」

不意に腕を引かれ、久美子はとっさに面を上げた。ほかの七人が輪を作るようにして集まっている。久美子がそこに加わると、欠けていた部分が塞がった。

青ざめている夢の顔には、今日もしっかりと眼鏡フレームがのっている。秀一は落ち着きなくスラックスに手のひらをこすりつけているし、葉月は赤らむ顔を両手で挟んでいる。つばめは宙に向かって何度もマレットを振り下ろしており、順菜と美千代は互いに顔を見合わせてささやき合っている。

そして、麗奈はいつもどおりだ。

「結構な期間をこのメンバーで練習してきたけど、今日でようやくその成果を見せることができてうれしく思ってます」

麗奈の言葉に、部員たちは互いにうなずき合う。

「今日の校内予選を勝ち抜いて、コンテスト出場を目指しましょう」

ばっ、と秀一の手が差し出された。間髪を容《い》れずに、その手の甲に夢の手のひらが重ねられる。つばめ、葉月、順菜、美千代。六人分の手の上に、久美子もまた手を重ねる。

「麗奈」

　ささやくように呼ぶと、麗奈はおずおずとした動きでいちばん上に自身の手をのせた。ひんやりとした彼女の手のひらに、久美子の体温が溶けていく。

　秀一がコホンと咳払いする。彼はもったいぶるように息を吸い込むと、それから控えめな声量で告げた。

「北宇治ファイトー」

「オー」

　舞台袖にいるため、返す声も控えめだ。小さくまとまった号令に、夢がクスクスと笑いを漏らす。それに釣られるようにして、周囲の部員たちも笑った。彼らをさいなんでいた緊張も少しは薄らいでくれたらしい。

　案内係の一人が手を動かす。それを合図に、久美子たちは舞台上へと移動した。普段のホールとは違い、狭い体育館では観客一人ひとりの顔が見える。会場の奥で、夏紀や優子、希美たちが身を寄せ合って座っているのがわかる。その傍らには、みぞれの姿もあった。卓也や梨子といった先輩たちの顔も見える。

「プログラム十二番、管打八重奏。曲は、山澤洋之作曲、『彩吹～Ibuki～』です」

　七人が立つなかで、チューバの葉月だけが椅子に座って楽器を構えている。マリンバの前に立つつばめが、横目で久美子の様子をうかがう。足を肩幅に開き、久美子は一度大きく息を吐き出した。最前列でキラキラと目を輝かせる中学生たち。彼らは、未来の北宇治生だ。

マウスピースに唇が触れる。楽器が落ちないようにしっかりと抱き支え、久美子はピストンに指を置いた。

——始まる。漠然と、そんなことを思った。レンズ越しに、つばめと目が合う。ちゃんと見てるよ、とその視線が訴える。久美子はふと口元を緩め、それから深く息を吸った。肩がわずかに上がり、背中が震える。空気を切るように、滑らかに音が滑り出す。きらめく木漏れ日のようなウインドチャイム。マリンバが息を潜めるなか、ほかの管楽器がユーフォの旋律に溶け込むようにして加わってくる。丸みを帯びた音からなる、流麗な旋律。引き際を示し合わせたように、その流れがピタリと止まる。久美子が唇の震えを止めた刹那、テンポは一気に変化した。

つばめのマレットが、鍵盤の上を軽やかに踊る。ぴたりとそろった管楽器の音の粒が、アクセントとなってマリンバの音色を引き立てた。唇を舐《な》め、久美子は知らず知らずのうちに力んでいた肩の力を抜く。ここからが本番だ。マリンバが刻むリズムに乗るように、久美子は高らかにメロディーを吹き上げた。

全員で加わるクレッシェンド。音楽はやがてテンポを落とし、空間を静寂へと引き込んでいく。ゆったりと、伸びやかに。最大限の美しさを心がけながら、久美子は一人ユーフォニアムを奏でる。徐々に楽器は増え、音は次第に厚みを増す。地面を揺らすようなチューバのうなり。麗奈と夢がトランペットを高らかに鳴らし、厳《いか》めしさをはらんだ音楽はゆっくりと進行する。それは再び静寂へと還《かえ》り、ユーフォニアムの歌声が場を支配した。

ピストンを素早く操作し、けれども音の流れは途切れさせない。綺麗な音。美しい音。響く音色は、他者を魅了できるだけの力を持っているはずだ。そうであってほしいと、久美子は思っている。

つばめが久美子を見る。久美子もつばめを見る。マレットが大きく振り落とされる。シンバルの華やかなクラッシュ音。全員が演奏に加わり、ここからがつばめの本領発揮だ。四本のマレットが鮮やかにさばかれ、マリンバの音色が激しさを増す。加速と停止、繰り返される音の緩急。奏者全員の視線が久美子に刺さる。テンポが切り替わる一拍目、これを外すわけにはいかない。息を吸い込む。全身を使って体を動かし、皆のタイミングをひとつに合わせる。マウスピースに吹き込んだ息が、管を通って音楽になる。過熱する演奏に身を委ね、久美子は最後のメロディーを吹き切った。

息が苦しい。マウスピースから口を離し、久美子は思いきり鼻腔から酸素を吸い込む。ざわめくような拍手の音が聞こえる。熱に浮かされていた脳が急激に現実に引き戻され、どっと心臓が高く跳ねた。質量を持った達成感が腹の底から久美子の胸を突き上げた。疲れた。最初に抱いた感想は、ただそれだけだった。

＊

葉月がブランコを漕《こ》ぐ。ぐん、と高く上がった彼女の爪先が街灯の影に重なった。勢いがつかないことが不満なのか、横で立ち漕ぎしている緑輝が躍起になって腕を振っている。「怪我《けが》しないようにね」とたしなめながら、久美子は先ほどコンビニで買った肉まんの紙を剥がす。薄い生地が、紙にぽつぽつとへばりついた。

「久美子、ひと口食べる？」

隣に座っていた麗奈が、チョコレートまんを差し出してくる。甘ったるい香りが鼻先を掠め、久美子はつい顔をしかめた。ベンチの端には買ったばかりのアイスコーヒーが置かれている。なぜこの寒いなか、冷たい飲み物を買ったのか。十数分前の自分の行動ですら、いまの久美子には理解できない。

「それ美味《おい》しいの？」

「んー、味は保証しない」

「絶対押しつけるつもりでしょ」

「そんなことないって」

そう言って、麗奈はチョコまんをひと口かじった。唇についたチョコソースを舐め取り、彼女は眉間に皺を寄せる。

「……甘い」

「やっぱり！」

くすくすと久美子が無責任に笑っていると、ブランコで遊んでいた緑輝と葉月が近寄ってきた。

「あー、やっぱうちも肉まん買えばよかったな」

「チョコまんならあげるけど」

「緑、食べたーい！」

「ん、どうぞ」

麗奈が差し出したチョコレートまんに、緑輝が嬉々《きき》としてかぶりついている。久美子は肉まんを半分に割ると、その片方を葉月に手渡した。

「葉月も食べる？」

「マジか。久美子イズゴッドやん」

「べつに神様になったことはないけどね」

「それぐらい感謝してるってこと」

お腹がすいていたのか、葉月は湯気の立つ肉まんを口のなかへと詰め込んだ。「喉詰まるよ」と笑いながら、久美子も柔らかな生地を頬張る。舌の上に広がる肉汁が、冷えた身体に染み渡る。

「あー、それにしても、いまごろあのメンバーは会場から帰ってるとこなんか」

葉月のつぶやきに、いち早く緑輝が反応を示す。

「関西出場が決まったみたいやし、ほんまおめでたいね」

「そりゃおめでたいけどなー。うちらもええとこまでいったのに」

ふてくされた子供のように、葉月が軽く地面を蹴る。砂埃《すなぼこり》が舞い、久美子はとっさに目を細めた。

アンサンブルコンテストの校内予選が終わってから、かれこれ二週間近くがたつ。あの日、投票によって選ばれたのは、久美子たちのグループではなかった。

「クラリネット四重奏、レベル高かったしね」

長い黒髪を手で梳《す》きながら、麗奈がなんでもない口調で言う。部員の投票で選ばれたのは、二年生だけで編成されたクラリネット四人組だった。彼女たちの演奏は完成度が高く、何より一人ひとりの技量が素晴らしかった。かく言う久美子も、彼女たちに投票したうちの一人だ。

「でもさー、一般投票やとうちらが一位やったやん」

よっぽど悔しかったのか、葉月が歯噛みしている。プラスチックカップを手に取り、久美子はもう片方の手で肉まんの欠片を口内へと放り込んだ。

「あれはまぁ、人気投票みたいなもんだしね。緑たちも一般投票だったら三位だったよね？」

「奏ちゃんたちのグループにも負けちゃったんが残念やったなぁ。緑、絶対一位取れると思ったもん」

「コントラバス二人であれだけお客さんにウケるのはすごいよ」

「一般投票やったら、素敵な演奏したら二人でも一位取れるかなって思ったんやけど。やっぱ難しいね。久美子ちゃんたちに完敗やったの、悔しいなぁ」

悔しいとは言うものの、緑輝の表情は晴れ晴れとしている。京都大会への参加資格を持たなかった彼女にとって、あの演奏会はお客様に対するショーでしかない。校内予選として挑んだ久美子たちとは、見方も違っているのだろう。

「悔しいのはアタシらよりも、久石さんたちなんとちゃう？　どっちも二位やったわけやし」

麗奈の言うとおり、奏たちのグループは校内投票でも一般投票でも二番目に多く票数を獲得していた。演奏は確かに優れていたが、コンテストに出場するとなるとクラリネット組のほうが結果を出しそうだと判断されたのかもしれない。ちなみに、久美子たちは校内投票では四位だった。

「フィーリング的にいいなって感じる音楽と、コンテストで結果を出す音楽は、やっぱり別物だと思う。クラリネットの子たちは上手かったよ。レベルが高かった」

「ようわからんけど、そんなもんか」

「私は校内予選で選ばれたのがあの子たちで正解だと思ったよ。現に、結果も出してるわけだし」

「関西出場やもんなぁ」

　しみじみと、葉月が自身の言葉を噛み締める。関西大会。その舞台に、葉月は立ったことがない。

「べつに、次は一緒に行けばいいでしょ」

　指についたチョコレートをティッシュで拭いながら、麗奈が事もなげに言う。吹きすさぶ風が彼女の黒髪を翻した。葉月が目を瞬かせる。

「次って？」

「来年の夏。吹奏楽コンクール」

　明瞭に発音された言葉たちが、久美子の心をざわつかせる。立ち上がる麗奈の動きが、コマ撮りされたみたいに久美子の網膜に焼きついた。街灯の下にすらりと伸びる、美しい夜の形をしたシルエット。甘い香りを漂わせる少女は、それがあたかも定められた運命のように語る。

「北宇治は、全国で金取るんやろ？」

うん、と傍らで緑輝が跳ねる。葉月が鼻の下をこすり、「そうやったな」と不敵に笑った。落ちる前髪を指で払い、久美子はマフラーに顔をうずめる。

冬が過ぎれば、北宇治に入学して三度目の春が来る。透明なカップをわざと揺らすと、カランと雪解けに似た音がした。

十三　飛び立つ君の背を見上げる(D.C.)

中川夏紀《なかがわなつき》さま

明日は卒業式ですね、なんてかしこまって書くのもなんかあほらしいな。いや、ほんまはこんなもんを書くつもりなんてまったくなかったんやけど、香織《かおり》先輩が去年、卒業式の日にあすか先輩に手紙を書いたっていうから、私もそれにならってみた。つまりこの行為は香織先輩へのリスペクトから発生したもんやから、そこらへん勘違いせんように！

それにしても、もう卒業やで。めっちゃやばない？　ついこのあいだ一年生やった気がするのに、我々も春から大学生ですよ。はっや！　この一年、自分ではがむしゃらにいろいろと頑張ったつもりやねんけど、こうして振り返ってみると、もっとああすればよかったとかこうすれば上手《うま》くいったかもとか、自分のあかんところも見えてくるね。ま、いまさら言うてもしゃあないことやけど。

副部長のアンタには、まあ、ちょっとくらいは世話になったかな。感謝してないわけでもないでもないでもない……って、なんかややこしくなったわ。だって、こうやって文字にして書くのって恥ずかしない？　拷問やで、拷問（漢字わからんくてわざわざ調べてしまった）。でも、天使で女神な香織先輩が、「伝えたいことを伝えておかないと後悔しちゃうよ」ってありがたいお言葉をくれたから、こうしてしぶしぶ手紙を書いてるわけです。

これ、ポストに入れるか悩んでるけど、まどろっこしいの嫌いやから直接手渡しすると思う。読み終わったら絶対に喜んで、うちに感謝の連絡を入れること！　じゃないと、いつ読み終わったんやろってうちがドキドキするハメになるから。

これまでの思い出を振り返ってみようとも思ったけど、最初に思い出すんは普通に毎日会ってしょうもない話してるとこやった。当たり前ばっかりが積み重なって、気づいたら日常になってたって感じ。おはようって朝会ったら挨拶して、バイバイって手を振って別れる、みたいな。それが明日から当たり前じゃなくなるのが、なんかちょっと寂しいなって、思わんでもないよ。

＊

いつもの通学路が白《しら》んで見えたのは、普段より早く家を出たからかもしれない。カーブミラーに映り込む自分のセーラー服姿はあまりにも馴染《なじ》みすぎて、今日が最後になるという実感がいまいち湧かない。足を止めて、優子《ゆうこ》はミラーに手を振ってみる。誰もいないと思っていたら、ごみ捨てにやってきた近所のおばさんにうっかり目撃されてしまった。微笑《ほほえ》ましいとでも思われているのだろうか。生温かい目でうなずかれ、優子はいたたまれない気持ちになった。油断しているところを他人に見られるのは、思いのほか恥ずかしい。

スクールバッグの取っ手を持ち直すと、ギュッと合皮がこすれる音がした。その隅にはいくらかすり傷があるし、茶色のローファーには皺《しわ》が入っている。すっかりくたびれた靴も鞄《かばん》も、今日ですべてサヨナラだ。

背筋を伸ばし、太ももから動かすのを意識して大股に歩く。鞄は軽かった。中身が入っていないから。部活があるころは、平日休日お構いなしに弁当や水筒が詰まっていた。母親が毎日作ってくれた弁当だ。

今朝、目を覚ますと父親はすでに台所で朝食の支度をしていた。弁当作りは母親の、朝食作りは父親の仕事、というのが優子の家の決まりだった。コンクールやイベントなど早朝から部活があるときも、両親はいつも優子に合わせて朝を過ごした。それがいかに大変であるか気づかないほど、優子はもう子供ではない。「三年間ありがとう」と礼を告げると、二人はそろって照れくさそうに顔を見合わせた。「優子も、もう子供ちゃうんやね」という母の台詞《せりふ》が誇らしく、そして少し寂しくもあった。

右足、そして左足。踵《かかと》をつけ、それから足に力を込める。パレードのために練習した歩き方が、自然と体に染みついている。これから先、大人になって吹奏楽とは無縁な生活を送ることになったとしても、きっと自分はふとした瞬間に吹奏楽部での日々を思い出すのだろう。それは無意識に先についた踵だったり、不意に聞こえたＢＧＭが自分の吹いたことのある曲だったり。記憶を呼び起こそうとする断片が、日常のなかには潜んでいる。

「優子」

とん、と軽く背を叩《たた》かれた。顔だけをひねるようにしてそちらを向くと、顔を赤くしたみぞれがすぐ後ろに立っていた。息を切らしているところを見るに、ずいぶんと走ってきたらしい。ふうふうと上下する肩の動きはしばらくおさまりそうにない。

「どうしたん？　そんな急いで」

マイペースなみぞれがこんなふうに走って移動することは滅多にない。驚く優子に、みぞれは胸を押さえたまま首を左右に振った。

「優子がいたから」

「え、うち？　なんか用事あったとか？」

「うん、大事な用事。……おはよう」

「お、おはよう」

このタイミングで挨拶か、とは思ったものの、優子は律義に挨拶を返した。みぞれはいつもの無表情でじっと優子を見つめていたが、やがて満足げにうなずいた。

「まさか、大事な用事ってこれ？」

「そう。挨拶は大事」

「いや、確かに大事やけど。なんかあったんかと思ってびっくりしたわ」

希美《のぞみ》相手ならいざ知らず、自分のためにみぞれが走ってくるとは意外だった。息を整えているみぞれに合わせ、優子は歩くペースを遅らせる。

「みぞれも春から音大生かー」

「うん」

「一人で大丈夫かって心配しちゃうけど、みぞれのことやから世話焼いてくれる友達がいつの間にかできてそうやな」

「そう？」

「そうそう。なんか、助けたらなって気にさせせんのよ、みぞれは。そういうとこある」

「だから優子は、私を助けてくれたの？」

自身の目が大きく見開いたのがわかる。ドキリと跳ねた心臓は、いったい何におびえたのだろう。

「うちがみぞれを助けてるって、なんでそう思ったの」

尋ねた声が震えているのがみっともない。みぞれは怪訝《けげん》そうに眉をひそめると、コトリとその首を斜めに傾《かし》げた。

「だって、助けてくれてた。ずっと」

「自分勝手に動いてただけやって」

「そんなことない。私、ちゃんとお礼を言おうって思ってた。だから、走った」

「あぁ、それで」

言葉が詰まる。胸がいっぱいになり、優子はとっさにうつむいた。両目が熱い。届いていたのかと、ただそれだけを思った。

みぞれの手が、優子の手を軽く握る。美しい手だった。オーボエを奏でる、魔法の手。伏せた優子の顔を下からのぞき込み、みぞれは微笑む。薄い唇の隙間から、彼女の白い歯がのぞいた。

「優子、いままでありがとう」

もう駄目だった。真ん丸な目の奥から、次から次へと涙があふれる。流れるしずくを手の甲で拭い、それでも足りず、優子はセーラー服越しに両目を腕に押しつけた。

友人の異変に気づいたのか、みぞれがあたふたと慌てている。

「優子、どうしたの？　私、ダメなこと言った？」

「ちがう、全然。ダメじゃない。ただ、みぞれがそんなこと言ってくれるんがうれしくて」

「ほんと？」

「うん、ほんと。こっちこそ、」

嗚咽《おえつ》がこぼれそうになり、優子はとっさに空気を呑《の》み込んだ。三年間のさまざまな記憶が洪水となって、優子の脳裏に襲いかかる。六年だ。中学に始まり、優子とみぞれは六年間も同じ部活で過ごしてきた。南中《みなみ》で思うような結果が出なかったとき、中学からの友達が部を辞めていったとき、滝《たき》がこの学校にやってきて、そして全国に出場したとき。すべての経験を、二人は同じ部で味わった。

しゃくりあげながら、それでも優子は言葉を紡いだ。

「こっちこそ、いままでありがとう。みんなが辞めたときに、吹部《すいぶ》に残ってくれてありがとう。オーボエを続けてくれてありがとう。一緒に頑張ってくれて、ほんまありがとう」

絞り出した台詞に、みぞれは不服そうに唇をとがらせた。

「……優子のほうが、ありがとうが上手《じょうず》」

「何それ」

思わず笑ってしまった優子とは対照的に、みぞれは至って真面目な顔をしている。

「私がありがとうって伝えたかったのに。優子に負けた」

「こういうのに勝ち負けとかあるん？」

「わかんない」

「わからんのかい」

「でも、優子のありがとうがうれしかったから。だから多分、私の負け」

降参の意を示しているのか、みぞれが両手を上げている。よくわからないルールに、よくわからない判定だ。みぞれと話していると、こういう状況によく遭遇する。「そんなもん、負けたもん勝《が》ちやん」と、これまたよくわからない反論をしつつ、優子は肩をすくめた。勢いよくこすったせいか、目元はまだヒリヒリしていた。

「あー！　誰かさんがフライング泣きしてる」

突如として響いた声に、みぞれと優子が振り返る。夏紀と希美の二人が、こちらへ駆け寄ってくるところだった。ちなみに、先ほどの優子を揶揄《やゆ》した台詞は夏紀のものだ。

「泣いてませんけど？」

「嘘《うそ》ってわかりやすっ。卒業式前に泣いてどうすんねん。帰るころには顔パンパンやで」

「腫れたって、夏紀よりシュッとしてる顔やから大丈夫ですぅー」

「ああん？　言うたな？」

「アンタこそ今日はバスタオル持ってこんでよかったん？　この前、子犬の映画見て号泣してたんはどこのどいつなんですかねぇ」

「あれはノーカンやろ！　そんなん言うたらアンタも泣いてたやないか」

「うちの涙はチョロ、アンタの涙はザバーや」

「泣いとったんは一緒やろ」

「勝手に一緒にすな！」

いつもどおりのやり取りを始めた二人を置いて、希美とみぞれが歩き始める。優子と夏紀は互いに顔を突き合わせながら、その後ろをついていく。四人が集まる、いつもの朝の光景だ。今日で最後の、いつもの光景。

藍色の制服は、みぞれの背中のラインに合わせて小さく皺を作っている。襟に入った数本の白線は、優子に、夏空に引かれた飛行機雲を連想させた。きっと、みぞれはこれから優子の知らない世界を知るのだ。

手を伸ばし、優子はそっとその背を押す。優子がそんなことをしなくとも、みぞれは勝手に前へと進んでいく。そんなことはわかっていた。だからこれは、優子の最後のわがままだ。

「何？」

みぞれが振り返る。朝の日差しがまぶしくて、優子は目を細めた。

「なんでもない」

答えた優子の頭を、横から伸びてきた手が乱暴になでた。温かい手の感触と、髪が乱れていく感覚。「がさつ!」と叫んだ優子に、「おしゃれになったやん」と夏紀は平然と言ってのけた。腹が立ったので、当然やり返してやった。

学校までの道のりは、あと少しだけ続きそうだった。

*

関西大会のあと、一緒に帰ったこと覚えとる? アンタさ、わざわざ遠回りしてうちについてきてさ。余計なお世話やとか言っちゃったけど、ほんまはうれしかったよ。ありがたかった。どっか行けって言って、それでもそばにいてくれるやつがおるってのは感謝すべきことやなとずっと思ってました。言葉で伝えられんかったけどね。アンタすぐ茶化すし、お礼とか言わせてくれんから。

うちはこの一年、ずっと部長でした。起きてから寝るまで、ずっと北宇治《きたうじ》高校吹奏楽部の部長。もうね、切り替えのスイッチがぶっ壊れてたよ。去年の部長とか副部長はどうやって上手く切り替えてたんやろね。うちにはさっぱりわかりません。

というか、いま振り返ると、そういう自分に酔ってたところもあったかも。頑張ってるうち、偉い! みたいな。でも、それを続けられたんは、アンタがうちの部長スイッチを毎回オフにしてくれてたからやなって、引退してから気づいた。アンタがおらんかったら多分、やっていけんかったよ。だからー、そのー、あれですよ。素直に認めるのもシャクで、いままであんま言わんかったけど……あー！　勢いがないと書けへん！　つまりまあ、ありがとよ！　アンタが思ってる以上にこっちは感謝してるぞ！　ってことです！　以上！

なんか、いっぱい書いてて不安になってきたけど、ほんまにこれ、アンタに渡せとるんやろうか。恥ずかしさで死にそうよ、いやほんまに。書いてるうちがこんなにつらい目に遭っとるんやから、読んでるアンタも恥ずかしくなって苦しめばええと思います。いままでありがとう！　アンタのこと結構好きやぞ！　……どう？　照れた？　ざまあみろ！

とまあ、長々としょうもないことを書いててもしゃあないので、この手紙はここで終わりにします。これから先、こんなこっぱずかしい手紙を書くことは二度とないでしょう。うちの黒歴史になること間違いなしなので、読み終わったらすぐさま燃やすことを推奨します。絶対に取っておいたりしないように！

やっぱ渡さんほうがええような気がしてきた吉川《よしかわ》優子より

2018.11.03

この物語はフィクションです。作中に同一の名称があった場合でも、
実在する人物、団体とは一切関係ありません。

本書は書き下ろしです。

武田綾乃（たけだ・あやの）

1992年、京都府生まれ。
2013年、第8回日本ラブストーリー大賞隠し玉作品『今日、きみと息をする。』（宝島社文庫）でデビュー。他の著書に「響け！ ユーフォニアム」シリーズ（宝島社文庫）、『石黒くんに春は来ない』（イースト・プレス）がある。

宝島社
文庫

響け！ ユーフォニアム
北宇治高校吹奏楽部のホントの話
（ひびけ！ ゆーふぉにあむ　きたうじこうこうすいそうがくぶのほんとのはなし）

2018年4月19日　第1刷発行

著　者　武田綾乃
発行人　蓮見清一
発行所　株式会社 宝島社
〒102-8388　東京都千代田区一番町25番地
電話：営業 03(3234)4621／編集 03(3239)0599
http://tkj.jp
印刷・製本　株式会社廣済堂

ISBN978-4-8002-8301-6